Andreas Schendel, geboren 1971, stammt vom Niederrhein und lebt als Schriftsteller in Dresden und Budapest. ›Dann tu's doch‹ wurde 2008 für den Deutschen Jugendliteraturpreis nominiert. In der Reihe generation ist von ihm auch ›Nimm Anlauf und spring‹ (Bd. 80785) erschienen.

Andreas Schendel

Dann tu's doch

Fischer Taschenbuch Verlag

generation
www.fischergeneration.de

Für Barbara / Barbarának

Veröffentlicht im Fischer Taschenbuch Verlag,
einem Unternehmen der S. Fischer Verlag GmbH,
Frankfurt am Main, Dezember 2008

Lizenzausgabe mit freundlicher Genehmigung von Nagel & Kimche
im Carl Hanser Verlag, München

Druck und Bindung: CPI – Clausen & Bosse, Leck
Printed in Germany
ISBN 978-3-596-80792-5

Fernsehen

But to live outside the law
You must be honest

Bob Dylan

Dienstag, 28. März, abends

M muss noch einmal operiert werden. Sie sagt, danach ziehen wir weg, nach Budapest. Die Hauptstadt, das wäre endlich was ...
Unser Haus soll verkauft werden. Ich halt es eh nicht mehr aus hier. Alles stinkt mir, das Haus, seit V nicht mehr da ist, die Schule, alles. Mir wird schlecht, wenn ich an die Operation denke. Nächste Woche schon. Dass sie einen einfach aufschneiden ~ während man schläft. Ob man unter Narkose träumt? Mein Horror wäre, genau das zu träumen, was sie gerade mit mir machen. Ich muss dann gleich an Herrn Takasz denken, unseren alten Biologielehrer. Dabei ist es schon Jahre her. Ich weiß noch genau, die sechste Klasse, er hatte eines Morgens ein Kaninchen mitgebracht. Ein graues. Es saß zitternd auf dem Versuchstisch, legte die Ohren an und ließ sich von allen streicheln. Dann hat Takasz es auf den Rücken gelegt und die Pfoten festgeklemmt. Er hat es aufgeschnitten und uns gezeigt, wie das Herz schlägt. Es schlug ganz schnell.

~~~~

Vor einem Jahr hat er der Achten die Wirkung von Schwefelsäure demonstriert, an der Hand einer Schülerin. Die einen sagen, es war ein Unfall, die anderen sagen, es war Absicht. Das Mädchen, Sára, lief auf jeden Fall vier Wochen mit einem Verband rum. Ihr Vater muss ein großes Tier bei der Stadtverwaltung sein. Es gab wohl Ärger, und Lehrer Takasz wurde frühzeitig pensioniert.
Irgendwie mochte ich ihn trotzdem. Er hatte traurige Augen.

~~~~

Manchmal glaube ich, ich brauche mein Tagebuch, um mit mir selbst zu reden ~ ohne mir verrückt dabei vorzukommen.

~~~~
~~~~

M wird immer dünner. In meinen schlechten Träumen sind ihre Finger dünn wie Streichhölzer, ihre Nägel schwefelrot lackiert.

~~~~

Ich würde so gern aufs Internat. Es soll in Budapest ein internationales Internat geben, ein gemischtes, Mädchen und Jungen, aus Frankreich, Deutschland und Amerika. Es kostet wohl Schulgeld ~ aber wenn wir das Haus verkaufen ~

Das wäre wie ein neues Leben.

Alle Jungen aus unserem Jahrgang sind Idioten. Bis auf Tamás. Aber mit dem habe ich es irgendwie verpatzt. Ich weiß nicht, warum. Plötzlich schaut er mich nicht mehr an.

~~~~

Ich habe beschlossen, meine Haare wieder wachsen zu lassen.

Jemand trat von außen gegen das morsche Holz der Hintertür.

»Mach auf, hier ist der Weihnachtsmann.« Es war Petis leise Stimme, er klang gehetzt, trommelte weiter an die Tür. »Jetzt mach schon auf, Zoli, verdammt!«

Zoltán öffnete seinem Bruder. Draußen dämmerte es bereits.

Peti trug mit langen Armen einen riesigen Fernseher. Breitbild. Markengerät. Schimmerndes schwarzes Gehäuse.

Im Hof des Wohnblocks war es still. Das gelbe Licht der Küchenlampe fiel als fahler Halbkreis vor Petis Füße, als trauten sich die Strahlen nicht weiter hinaus.

»Kein schlechter Kasten, was?«

Zoltán nickte und sah sich selbst erstaunt im Spiegel des Bildschirms nicken.

»Mach Platz!« Peti schob seinen kleinen Bruder zur Seite, stellte das Gerät auf den Küchentisch und schüttelte die Arme aus. »Der hat 100 Kanäle.« Er rieb den Schweiß von seiner Stirn und dann die Handflächen, wo das Gehäuse rote Striemen hinterlassen hatte. »Mach die Tür zu! Muss nicht jeder sehen, das Teil.«

Zoltán schloss schnell die Tür. Er überlegte, wer wohl im Wohnblock so einen Fernseher besaß. Der Hauswart vielleicht, oder der Ex-Cop, der nun als Sicherheitsmann umsonst über dem Supermarkt wohnte.

»Wo ist der her?«

Peti kramte, statt zu antworten, ein Antennenkabel aus der Hosentasche. Er stöpselte den kleinen, kaputten Fernseher über dem Kühlschrank aus und pustete den Staub aus der Buchse.

Eine Sirene erklang. Peti zuckte zusammen, er zog Zoltán vom

Fenster weg. Der alarmierende Klang kam näher. Noch bevor der Polizeiwagen den Wohnblock erreichte, hüllten Staubwolken die Straße ein. Der Wagen rauschte vorbei. Das Blaulicht flackerte durch die Dämmerung, die vom Staub in der Luft noch dunkler wurde.

Zoltán atmete durch. »Der fährt sicher wieder zum Zigeunerlager.«

Einen Moment lang erschien so etwas wie Sorge in Petis Augen, dann stöpselte er das Kabel ein und schaute wieder wie immer – als gehe ihn alles nichts an. »Zum Lager? Soll er ruhig.« Peti prüfte noch einmal, ob das Antennenkabel festsaß, und schaltete das Gerät an.

Ein leises Summen erklang. Erst blieb der Bildschirm dunkel, dann blitzte er auf. Es roch kurz leicht verbrannt, doch das wackelige Bild beruhigte sich, wurde strahlend blau, wie der Blick in ein Aquarium: gefüllt mit dem klaren und warmen Wasser der Karibik. Statt exotischer Fische tanzten helle Punkte über den Bildschirm und formten das Wort ›Welcome‹ und ein Ausrufezeichen.

»Wo ist der her?« Zoltán merkte, dass er schon einmal gefragt hatte.

Sein großer Bruder lächelte erschöpft. »Woistderher? Woistderher? Woistderweihnachtsmannher?« Er fischte aus seiner Jackentasche eine schlanke, schwarze Fernbedienung und drückte die Eins.

Das bekannte Gesicht des Nachrichtentypen vom ersten Kanal erschien. Doch was hieß ›bekannt‹? Erst jetzt sah Zoltán, dass es diesen Mann ohne Unterleib auch in Farbe gab, dass seine Augen eigentlich gar nicht flimmerten und die Streifen auf seiner Krawatte festsaßen. Der Typ war ein Mensch, nicht mehr der verzerrte Elektrozombie, mit dem Zittern um die Mundwinkel und der

Stimme aus dem Jenseits. Er sprach Ungarisch ohne Knistern, sein Gesicht und sein Jackett sahen aus wie frisch gebügelt. Er berichtete vom Papst, dem es gesundheitlich schlecht ging, und von den steigenden Börsenkursen.

Peti und Zoltán setzten sich. Sie bestaunten das lupenreine Fernsehbild, ohne hinzuhören. Dann kam endlich die Ziehung der Lottozahlen. Zoltán merkte sich die Gewinnziffern, aber sie ähnelten denen, die ihre Mutter tippte, nur entfernt. Ihre Mutter tippte stets den Geburtstag ihres Vaters, seit vier Jahren, seit er tot war. Das Verrückte war nicht, dass mit dem Geburtsdatum kein Blumentopf zu gewinnen war. Reine Gefühlsduselei. Eine Chance von eins zu einer Million. Das Verrückte war, dass die sechs Richtigen, die letztes Jahr den Jackpot geknackt hatten, genau das Datum seines Todestages gewesen waren.

Seitdem glaubte Zoltán nicht mehr ganz ans große Lottoglück.

Peti nahm sich eine Flasche Bier aus dem Kühlschrank und schielte, bevor er sie öffnete, zur Küchenuhr. Halb elf. Ihre Mutter würde in frühestens einer Stunde kommen. Er schlug den Kronkorken an der Kante der Spüle ab.

»Gib mir auch eins.«

»Was?« Peti lachte. »Ein Bier?«

»Klar.«

»Vergiss es.«

Zoltán drückte den Rücken durch. »Ich hab schon Härteres getrunken.«

»Und«, Peti schaute seinem kleinen Bruder in die Augen, »hat's geschmeckt?«

»… wie Wodka …«

»Hat's deine Zeiten verbessert, Schwimmchampion?«

Zoltáns Blick flüchtete zum Fernseher.

»Wenn du ’nen Kick willst, Zoli, nimm dir ein Mädchen.« Peti trank den Schaum ab.

Zoltán hielt seine Hände ganz nah an den Bildschirm … ein Mädchen … nehmen … Er spürte ein magnetisches Kribbeln und wie die Härchen auf seinen Handrücken sich aufrichteten. Das Flimmern durchleuchtete die Ränder seiner Fingernägel, außer die schwarzen Stellen von der Schmiere der Fahrradkette.

»Und wasch die Pfoten, bevor die Königin kommt.« Peti setzte sich wieder.

›Kleine Königin‹ hatte ihr Vater ihre Mutter oft genannt. Nun nannte sie nur noch Peti so, seinem Bruder gegenüber, und weniger aus Zärtlichkeit. Wenn Peti ›Königin‹ sagte, machte er klar, wer nun der Mann im Haus war.

Zoltán legte die elektrisierten Hände in seinen Schoss. Er würde sie jetzt nicht waschen, dafür fühlten sie sich zu gut an.

Die Königin putzte Büros, jeden Abend andere, auf der Pester Seite meist, dienstags und donnerstags ein ganzes Hochhaus voll mit Leuten, die Werbung machten. Oft fanden die ›Werbewichser‹, wie Peti sie nannte, kein Ende, und ihre Mutter musste warten bis spät in die Nacht, bis sie endlich das letzte Büro wischen konnte. An solchen Abenden ging Zoltán meist von allein ins Bett. Es gab abends nichts zu tun. Der alte Fernseher hatte vor Monaten den Geist aufgegeben, und es war nicht ratsam, nach Einbruch der Dämmerung alleine draußen zu sein. Nicht für Jungen von vierzehn Jahren.

Da die Laternen in der Umgebung regelmäßig gelöscht wurden, mit gut gezielten Steinwürfen, lagen die Wohnblocks im Dunkeln. Das Löschen der Laternen hatte sich irgendwann als Sport der älteren Jugendlichen durchgesetzt. Aber die Stadtverwaltung zeigte wenig Sportsgeist. Sie reparierte einfach die Laternen nicht mehr und zwang die jungen Wettkämpfer so zu anderen Disziplinen. Das Anzünden von Mülltonnen war eine Zeitlang Mode, dann das Umkippen von Parkbänken. Die wenigen Bänke verschwanden bald, wurden zusammen mit den öffentlichen Müllkörben entfernt. Die Mülltonnen im Wohnblock bekamen Schlösser und Stahldeckel.

Zoltán betrachtete seinen Bruder. Petis Haar war ungewaschen und am Hinterkopf platt gedrückt, er hatte irgendwo gepennt. Unter der Lederjacke lugte die rote Kapuze seines Sweatshirts hervor. Wie eine rausgestreckte Zunge. Der linke Ärmel der Lederjacke war übersät von Farbspritzern. Silber und Blau. Peti war sprayen gewesen. Seit letztem Jahr war er mit der Schule fertig und arbeitslos. Der Konzern, für den ihr Vater sein halbes Leben geschuftet hatte, die ›Hochbau- und Kabelwerke‹, wo er schließlich auch verunglückt war, hatten Peti einen Ausbildungsplatz in Aussicht gestellt. »Lieber mache ich's mir selbst«, hatte Peti gesagt. »Péter, Junge, denk an die Zukunft! Lass das nicht dein letztes Wort sein …« »Willst du mein letztes Wort hören? Ich lass mich nicht von den Mördern meines Vaters ficken.« Als ihre Mutter ihn weinend bat, die Stelle trotzdem anzunehmen, war Peti verschwunden und zwei Nächte nicht heimgekommen. Er blieb seitdem öfter weg, auch ohne Streit.

Zoltán wusste nur, dass Peti sprayte, Wände, Züge und U-Bahn-Wagen, und dass sich einige Sprayer nachts am Rangierbahnhof herumtrieben. Ob sein Bruder auch dabei war, wusste er nicht. Peti schwieg über all das. Die Polizei war brutal hinter den Sprayern her. Besonders seit den Einbrüchen in Autowerkstätten, in denen danach allein die Spraydosen fehlten.

»Meinst du, die fuhren zum Lager?«

»Was?«

»Die Bullen, zu den Rumänis.«

»Das sind Roma, o.k.?«

»Dann eben zu den Roma.«

»Vergiss es einfach.« Peti pellte sich aus seiner Lederjacke, warf sie über den Stuhl.

Es war Ende August und auch abends noch heiß draußen. Die Luft roch sommerlich, das hieß, nach Trockenheit, Staub und Abgasen.

Peti trank sein Bier aus.

Zoltán zapfte sich ein Leitungswasser. Er setzte sich wieder und schaute weiter mit seinem Bruder fern. Kurze Röcke, Schießereien und schnelle Autos. Eine amerikanische Serie. Es war schon lächerlich, wie die Autos geschrottet wurden und die Helden danach ausstiegen. Wo doch in Wirklichkeit nach solchen Unfällen die Leichen von der Feuerwehr herausgepopelt wurden. Genauso lächerlich war es, dass jedes Auto der Bösewichte, das sich überschlug, sofort in Flammen aufging. Überhaupt war Fernsehen lächerlich. Schon in der Hälfte ihres Wohnblocks passierte täglich mehr als auf allen 20 Kanälen. Schönes wie Schreckliches. Die kurzen Röcke waren noch das Beste.

Peti nahm sich ein zweites Bier aus dem Kühlschrank. Er schlug den Kronkorken an der Tischkante ab, dass kleine Späne flogen. »Morgen Abend ist das Länderspiel.«

Zoltán nickte, obwohl Fußball ihm egal war. Sein Sport war Schwimmen: der stille Kampf mit sich selbst – seine Bahnen ziehen, bis er völlig erschöpft war. Doch das Länderspiel morgen war eine andere Sache. Ungarn gegen Rumänien. Da ging es nicht um Sport.

Peti rieb die Holzspäne von der Tischkante. »... ich seh's schon wieder vor mir ...«

»Ich bin gespannt, wer gewinnt.«

»Ist egal. Hinterher ist auf jeden Fall wieder die Sau los.« Peti kratzte sich an der Nase. »Da gibt's kein Ergebnis ohne Streetfight. Der Gewinner kriegt einfach hinterher von den Verlierern eins auf die Fresse.«

»Und wenn es Unentschieden wird?«

»Dann glauben auch noch ein paar Passanten dran.«

»Vielleicht gewinnen wir.« Zoltán stand auf und trat ans Küchenfenster. Er schaute zum Kanal hinüber. In den Wagen der Zigeuner brannte Licht. Ihr Lager war am Ufer, gegenüber der Papierfabrik, deren Abwässer den Kanal färbten: mal orange und mal schwarz, je nachdem, welches Papier gerade produziert wurde. Die Frauen aus dem Zigeunerlager hatten bei der Stadtverwaltung protestiert, vergeblich. Es gab im Lager nur einen einzigen Hahn mit Frischwasser, und darum wuschen alle ihre Wäsche im Kanal. Auch die Hunde und zwei Ziegen soffen die gefärbte Brühe.

Das Lager und den Wohnblock trennte eine dürre Wiese, ein mit Müll übersäter Streifen Brachland.

Die Zigeuner waren im Winter vor zwei Jahren hierhergekommen. Mit sieben Wohnwagen, aus Rumänien. Für die Behörden dort waren sie Ungarn und sollten sich zurück nach Ungarn scheren. Hier im Block galten die Zigeuner als Rumänen, als Hundefresser.

Erst wollten die sieben Familien nur den Winter bleiben. Dann war der Sommer dazugekommen. Drei der jungen Frauen hatten Arbeit im neuen IKEA gefunden. Ein paar der Kinder gingen hier zur Schule. Die Männer fanden keine Arbeit. Die restlichen Frauen, die noch nicht zu alt waren, gingen putzen.

Eine der Frauen aus dem Lager putzte zusammen mit Zoltáns Mutter. Sie hatte ebenfalls zwei Söhne: Fernando, der ein wenig jünger als Zoltán war, und István. Isti oder Big Isti, wie sie ihn nannten, musste in Petis Alter sein. Er war locker eins neunzig, also gut zwei Köpfe größer als alle anderen im Lager, und besaß dazu den breiten Rücken eines Schwimmers. Isti trug sein Haar länger, zwischen den pechschwarzen Ponyfransen blitzten kluge Augen.

Auch Isti und sein Bruder Fernando hatten keinen Vater mehr. Er war verschwunden, mit einer anderen Frau. Angeblich lebte er nun in Westdeutschland. Zoltán wusste es, weil ihre Mütter nachts beim Bohnern der Büroflure von ihren Sorgen sprachen. Istis Mutter, als Rumänin, bekam den schlechteren Stundenlohn. Mit den paar hart verdienten Kröten brachte sie Isti und Fernando und deren Halbschwestern durch. Eine, Mária, war in Zoltáns Alter und hübsch. Ihr Haar war je nach Licht manchmal braun, manchmal rot. Sie hatte kleine Brüste, deren Nippel sich im Sommer durch den Kleiderstoff drückten, einen schönen, blassen Mund und große Augen, die braun und wach waren. Istis ältere Halbschwester, hieß es, sei eine Schönheit. Ein Hammerteil, noch Jungfrau. Zoltán hatte sie noch nie gesehen. Ein Ausspruch von Béla war im Block zum geflügelten Wort geworden: ›Ficken geht über Anfassen.‹ Die Variante, die auf die Mädchen der Zigeuner zielte, lautete: ›Ficken geht ohne Anfassen.‹

P fickt Hundefresser! stand seit kurzem auf der Wand der Bushaltestelle. Árpi, der im Block gegenüber wohnte, behauptete, er habe Peti durch sein Fernglas am Kanal gesehen. Hinter den Büschen am Ufer hätten er und Márias Schwester sich geküsst. Zoltán glaubte das Gerede nicht. Obwohl er selbst manchmal nachts, im Traum, wenn er allein im Schwimmbad seine Bahnen zog, auf der Tribüne Márias Gesicht sah.

Sie hörten Schritte im Hof. Es waren müde, schlurfende und vertraute Schritte. Ihre Mutter kam heim.

Die Tür schwang auf.

»Hallo, Mutti.«

Zoltáns Mutter sagte nichts. Sie blieb im Türrahmen stehen und schaute ungläubig auf den Küchentisch, den neuen Fernseher. An ihren Händen zogen zwei volle Plastiktüten mit der Aufschrift des 24-Stunden-Supermarkts am Ostbahnhof. Ihr Blick streifte Peti, sie drückte mit dem Fuß die Hintertür zu und setzte die schweren Tüten ab.

»Na?« Sie streichelte Zoltáns Kopf, und ihr Blick sagte, dass es Zeit war, ins Bett zu gehen. »Die Hausaufgaben gemacht?«

Zoltán nickte. »War nicht viel heute.«

Das war die Wahrheit. Er machte die Hausaufgaben … fast alle … das hieß, fast die Hälfte … bestimmt mehr als ein Drittel … bestimmt mehr, als die meisten machten … das hieß, er machte sie manchmal. Eigentlich war er kein schlechter Schüler. Bis auf die Sechs in Geographie. Zoltán ging einfach nie hin. Warum sollte man wissen, dass die Hauptstadt von Tansania ›Dodoma‹ hieß? Wenn Tansania doch am Arsch der Welt lag. Es reichte zu wissen, wo Amerika lag, wo aus rappenden Ghettokids über Nacht Millionäre wurden, oder Deutschland, wo die Leute für weniger Arbeit viel mehr verdienten. Und vielleicht reichte es auch zu wissen, dass man wegwollte – egal wohin.

»Also, ab ins Bett. Hab süße Träume.« Sie schob Zoltán aus der Küche und schloss die Tür. Zoltán blieb still im dunklen Flur stehen, lauschte. Er wusste, dass es nun Streit gab, hatte es gewusst in dem Moment, als die Königin den Fernseher angeschaut und ihr Blick den jungen Weihnachtsmann mit der Bierflasche, Peti, nur ganz kurz gestreift hatte.

Petis Stimme drang leise durch die Tür. »Guck mich nicht so an, Mutti. Ist nicht so, wie du wieder denkst …«

Zoltán stellte sich den Blick seiner Mutter vor, strafend, müde und entnervt.

Petis sandige Turnschuhsohlen knirschten hörbar übers Linoleum. Er sagte noch einmal: »Es ist wirklich nicht so …«

»Dieb.« Sie sagte nur dieses eine Wort.

»Den hab ich gewonnen.«

Hier hörte Zoltán es klatschen. Seine Mutter hatte Peti geohrfeigt.

»Du sollst mich nicht noch belügen!« Sie klang eher traurig als wütend.

Zoltán wusste, dass sie als Nächstes von seinem Vater anfangen würde, einen Satz in der Richtung von: ›Wenn dein Vater noch lebte …‹ Danach würde sie stumm weinen.

»Dein Vater hätte dich längst vor die Tür gesetzt.«

Zoltán lauschte noch eine Weile, sein Ohr an den kühlen Kunststoff der Tür gelegt. Beide, seine Mutter und sein Bruder, schwiegen. Nur die Autos in der amerikanischen Serie quietschten noch mit den Reifen, überschlugen sich und gingen in Flammen auf. Die Gläser im Kühlschrank klirrten leise, und das gebrechliche Gerät brummte hilflos gegen den Sommer an.

Zoltán hörte, wie seine Mutter die Einkäufe einräumte.

»Morgen früh ist der Fernseher nicht mehr im Haus!«

Zoltáns Atem stockte, er legte das Ohr zurück an die Tür, um zu hören, wie sein Bruder widersprach. Doch Peti schwieg.

Zoltán ging auf sein Zimmer. In dieser Nacht schlief er schlecht.

Freitag, 31. März, nachts

Ich habe drei Tage nicht geschrieben ~ jetzt weiß ich nicht, wo ich beginnen soll.

Heute war der Horror.
M ist heute schon ins Krankenhaus gekommen. Sie soll Montagmorgen operiert werden. Heute Nachmittag waren noch Untersuchungen. Ich habe sie morgens weggebracht, bis zur Stationstür, und bin alleine zurückgefahren. Schon als der Bus die scharfe Kurve in die Liliom utca bog, hatte ich ein beschissenes Gefühl ~ erst dachte ich, es wäre wegen der OP ~ dann bog der Bus in unsere Straße, und ich sah den LKW vor unserem Haus stehen.
Unsere Haustür war offen, mit einem Keil unter der Tür, drinnen hörte ich das Keuchen von Männern. Dann kam einer von Vs Arbeitskollegen heraus. (Der mit der dicken Nase.) Er trug den Fernseher, den großen aus dem Wohnzimmer. Ich machte Platz, er schleppte ihn raus in den Lieferwagen. Ich ging hinauf. Im Flur schraubte ein anderer Typ, den ich nicht kannte, die Lampen ab. Er nickte mir zu, schaute dann in Richtung meines Zimmers.
V saß auf meinem Bett. Er sah mich starr, mit geröteten Augen an ~ ein Blick, als hätte er geheult oder auch Nächte nicht geschlafen.

Er verlor kein Wort über M oder die OP. Dabei bin ich sicher, dass er es wusste, dass er den Möbeltransport genau für den heutigen Tag geplant hat.

Er sitzt da und guckt mich fragend an.
Ich sage: »Ich habe Mutti heute Morgen ins Krankenhaus gebracht.«
Er nickt nur. Wischt sich den Schweiß ab.

Ich will sagen: ›Ist wohl anstrengend, so ein Umzug …‹ Aber ich sage nichts. Hing alles fest in der Brust. Wie Lehm. Oder trockenes Toastbrot.
Er wird von einem der anderen Männer gerufen, geht hinunter.
Ich bleibe so lange auf meinem Zimmer, bis nach drei Stunden unten die Tür ins Schloss fällt.

~~~~

Der Flur oben, das Wohnzimmer und die Diele sind nun dunkel. Die Lampe am Spiegel im Bad haben sie hängen lassen. Zum Glück. Sonst müßte ich im Dunkeln die Zähne putzen, duschen, scheißen … Bei dem Gedanken musste ich lachen. Ich habe gelacht, bis mir zum Heulen war. Danach war wenigstens der Klumpen in der Brust verschwunden, und ich konnte wieder richtig atmen.
Thema trockenes Toastbrot: Auch der Kühlschrank ist weg. Sein Inhalt stand gestapelt in der Spüle, ganz ordentlich, doch das meiste war schon voller Fliegen. Ich habe es weggeschmissen, bis auf die Butter und zwei Packungen Toast. Mein Frühstückmittagabendessen. Auch der alte Toaster ist noch da und alles Besteck. V hat nur die großen oder neuen Sachen mitgenommen.
Die Stereoanlage.
Den Teppich im Wohnzimmer.
Den großen Fernseher.
Goodbye 20 Kanäle, goodbye MTV … irgendwie bin ich überrascht, wie egal mir das alles ist.

Ich überlege, ob ich eine Liste machen soll von den Sachen, die er genommen hat. Aber wozu, es ist eh alles von seinem Geld bezahlt. Nur das Haus gehört ihm ja angeblich nicht ~ wenn M die Wahrheit sagt. Ich weiß nur, dass es ein Hochzeitsgeschenk ihrer Eltern war, aber ich kann nicht mehr glauben, dass Opa János es nur ihr allein geschenkt hat. Ich glaube die Hälfte der Geschichten, die sie mir als
~~~~

Kind erzählt haben, nicht mehr. Von ihrer Hochzeit und allem ~ dass ich ihr Wunschkind war und so. Nicht nach dem Tag heute.

~~~~

Kurz nach sieben ging das Telefon. Einen Moment lang stand mein Herz still, hatte ich Angst, wie in Filmen, wenn der Anruf aus dem Krankenhaus kommt. Doch es war M selbst. Sie rief vom Zimmer aus an und klang erschöpft. Die Untersuchungen sagen: Grünes Licht für die OP am Montag.
Sie fragt, ob zu Hause alles o. k. ist.
Ich sage: »Ja, alles klar hier. Mach dir keine Sorgen.«

~~~~

Vorhin habe ich dann mein Bett neu bezogen ~ er hat zwar nur darauf gesessen, aber ich konnte so nicht darin schlafen ~ unter dem Kissen lag ein Umschlag, ›Für meine Tochter‹.
Ich riss ihn auf, darin 40 000 Forint, acht Fünftausender, und eine kleine Karte mit rosa Blumen, Vs krickelige Handschrift: ›Für Dich, für Deine Zukunft‹.
Gerade genug für einen neuen Kühlschrank und einen billigen DVD-Player ...

~~~~

Ich überlege, was ich Gott anbieten könnte, dafür, dass die OP am Montag gutgeht. Und ob es hilft, zu beten, auch wenn ich nicht immer daran glaube.

~~~~

Nun ist halb eins. Ich habe zwei Stunden Johnny Cash gehört, volle Lautstärke: stört nun keinen mehr.
›I hurt myself today, to see if I still feel, I focus on the pain, the only thing that's real.‹

~~~~
~~~~

Um zehn klingelte die Kovács. Ich dachte erst, wegen der lauten Musik. Aber sie machte sich nur Sorgen und wollte nach M fragen. Sie ließ zwei Körbchen da: Kirschen und Erdbeeren. (Von den Erdbeeren sind die roten Flecken hier.) Passend habe ich heute meine Tage bekommen. Zur Krönung.

~~~~

Erdbeeren und Kirschen auf Toast, mein Abendessen.

~~~~

Ich denke immer an Budapest, ein Haus am Hang wäre schön, mit Blick auf den Fluss. Vielleicht ein kleiner Garten, neue Freunde und Sommerpartys ...

Zoltán träumte und war im Traum allein. Er hörte Stimmen. In der Dunkelheit um ihn herum war ein beißendes Flüstern, als nagten Mäuse an seinen Ohren. Er war eingeschlossen. Die weißen Federn in seinem Kopfkissen sogen spürbar das Blut auf, blieben kleben an seinen Ohrmuscheln. Der Raum um ihn herum war eng und zugleich unendlich, eine Landschaft ohne Landschaft, leer und stickig. Das Flüstern wurde lauter, schriller. Der Wecker riss Zoltán zurück in die Wirklichkeit. Kurz nach sieben. Ein verschwitztes Kissen. Verbrauchte Nachtluft.

Zoltán langte zum Wecker und stellte ihn ab. Kurz danach verklang auch das Dröhnen in seinen Ohren. Jetzt nur noch den Mut aufbringen, die Augen zu öffnen, den neuen Tag anzuschauen. Zoltán machte eine Faust, rieb sich den Schlaf aus dem Gesicht. Er strich vorsichtig über die Ohrmuscheln und überlegte, was er geträumt hatte. Er kam nicht drauf.

Er blinzelte, erst mit einem, dann mit beiden Augen. Eine rötliche Morgensonne schien schwach durch das verstaubte Fenster.

Petis Bett an der Wand gegenüber sah unbenutzt aus.

Zoltán stand auf und zog sich an. Er schlich auf Zehenspitzen durch den Flur, vorbei am Bett seiner Mutter. Sie schlief noch.

Auf dem Küchentisch lagen Tabakkrümel, unter dem Tisch noch ein Kronkorken. Der Fernseher war verschwunden. Nur das weiße Antennenkabel steckte noch in der Wand.

Zoltán klemmte sich zwei Scheiben Brot zwischen die Zähne und spurtete los. Fünf vor halb acht. Er war spät dran. Doch der Halb-acht-Bus hielt oft länger am Supermarkt, wo die Fahrer sich belegte Brote und Zigaretten kauften.

Während Zoltán rannte und sein Frühstück hinunterschlang, fiel ihm ein, was er geträumt hatte. Manchmal träumte er Nacht für Nacht das Gleiche. Seinen Standardalptraum. Träumte ihn neu und vergaß ihn wieder, um ihn noch einmal neu zu träumen. Immer so: Sein Vater sitzt in der Küche. Es ist wie früher, wie vor seinem Tod. Er bittet Zoltán, ihm die Butter zu reichen, und schimpft mit Peti, der zu krumm am Tisch sitzt. Zoltán reicht seinem Vater die Butter. Die große Hand seines Vaters legt den Deckel der Butterdose neben Zoltáns Teller. Sie tut es wie in Zeitlupe. Der Deckel der Dose glänzt golden, und Zoltán weiß, es ist sein Glück, das da neben seinem Teller glänzt. Der helle Schimmer bewegt sich so langsam über den Küchentisch, dass Zoltán nach dem Glück nur greifen müsste. Sein Vater schmiert ein Käsebrot, und Zoltán streckt seine Hand aus, um seinen Vater zu berühren. Da zerfallen die Arme seines Vaters, zerbröckeln, als wären sie aus schwarzem Mehl, und Käfer, Kellerschaben, kriechen aus den leeren Hemdsärmeln, kriechen überall auf den Tisch, auf die Butter, das Brot und alles.

Am Wendehammer vor dem Supermarkt warf der Bus den Motor an.

Zoltán sprang hinein. Das Schmatzen der Hydrauliktüren, drinnen die ölige Wärme, das vertraute Rappeln.

Zoltán setzte sich nach vorn. Auf den hinteren Plätzen saßen Big Isti und zwei andere Jungen aus dem Zigeunerlager. Zoltán versuchte, sie zu ignorieren. Er hatte unerwartetes Glück heute Morgen. Zwei Meter neben ihm, am Fenster auf der anderen Seite des Gangs, saß Mária, Istis Halbschwester. Zoltán beobachtete sie heimlich in der spiegelnden Scheibe. Für die Zigeunerjungen hinter ihm sah es so aus, als schaute er hinaus.

Márias Bild hüpfte mit den Schlaglöchern und vibrierte, wenn der Fahrer Gas gab. Doch ihr Gesicht blieb schön, selbst im zitternden Spiegel der verschmierten Fenster.

Bevor die Sehnsucht zu groß wurde, schloss Zoltán die Augen. Schnell an anderes denken. Er dachte an den Fernseher, die Polizei, an den Streetfight, von dem Peti gesprochen hatte ... Vielleicht, wenn die Königin heute Abend länger putzte ... er könnte das Spiel bei Béla sehen. Im Notfall könnte er auch Árpi fragen. Árpi war ein Idiot, aber wenigstens besaß seine Familie einen Farbfernseher.

Árpi und Béla stiegen erst an der nächsten Haltestelle ein, auf der anderen Seite der Wohnblocks. Als sie sich breitbeinig zu Zoltán setzten, stieß Big Isti einen leisen Pfiff aus. Mária stand auf und setzte sich nach hinten zu ihrem Halbbruder.

Árpi und Béla grinsten, schnitten Horrorfilm-Grimassen. Bélas Onkel besaß im Block die größte Videosammlung. Béla war Fachmann in Sachen Horror. Er rutschte rüber zum freien Platz auf der anderen Seite des Gangs und glänzte in seiner Paraderolle: Der Vergewaltiger mit der Gummimaske. Keine Chance für Zigeunermädchen ... wobei Béla deutlich achtgab, dass Big Isti nicht zu viel mitbekam.

Zoltán lenkte das Gespräch aufs Länderspiel. Es stellte sich heraus, dass beide Kumpel sein Problem teilten: Es war Donnerstag, und der Donnerstag war Traumhochzeitstag. Ihre Mütter würden die dämliche Show gucken, bei der Hochzeitspaare um ein Traumhaus spielten. Das ganze Spiel bestand darin, sich zum Deppen zu machen. Die zukünftigen Bräute durften begleitend noch ein wenig Arsch und Titten zeigen. Es gab Schlammcatchen im Hochzeitskleid. Es gab die Runde, bei der die Braut mit verbundenen Augen zwanzig Männer küsste. Wer den eigenen Mann dabei erkannte, kam weiter. Kurz, es war zum Kotzen. Doch mit

Árpis und Bélas Müttern gab es keine Diskussionen. Dabei machten beide nicht den Eindruck, als sei Heiraten ihrer Erfahrung nach erstrebenswert. Árpis Vater war auf Montage und Bélas Stiefvater so gut wie jeden Abend in der Wohnblock-Kneipe. ›Zum schönen Vaterland‹, wo man heute sicher auch das Spiel schaute. Dort war kein Platz für die Jungen. Doch noch mehr tabu war die andere Kneipe mit Fernseher, ›Zur schönen Braumeisterin‹. Denn dorthin gingen die Fremden: die Zigeuner, die Koreaner und die paar Russen, die es im Block gab. Die schöne Braumeisterin selbst war ein spindeldürrer Mann, ein Asiate namens Yu. Bei Herrn Yu saßen alle getrennt an ihren Stammtischen, und allein auf dem Tisch der Zigeuner stand keine Länderflagge.

Zoltán sparte sich die letzte Stunde, Geographie, und fuhr am Mittag früher heim. Er war erschöpft von der Schule und der Aussicht auf einen einsamen Abend zu Hause. Der Bus kurvte um die Schlaglöcher. Die Sonne gab noch einmal ihr Bestes und brannte auf den gelben Staub der Straße, den verwitterten Beton der Wohnblocks. Nur am Horizont, wo die Wohnwagen der Zigeuner standen, schien ein leichter Wind zu wehen, bewegten sich die grünen Büsche.

Zoltán ging wie immer den Weg durch den Hof. Doch etwas war anders. Alles wirkte stiller, es war, als hinge mehr in der Luft als Staub und Abgase.

Auf der Höhe ihrer Hintertür, neben den Stangen mit den Wäscheleinen, parkte ein Polizeiwagen.

Es war niemand zu sehen. Zoltán ging langsamer, blieb neben der Tür stehen und lauschte. Aus der Küche klang die Stimme eines Mannes.

Ein Hund lief schnüffelnd um den Polizeiwagen, hob ein Bein

und pinkelte an die hintere Radkappe. Er kratzte sich und trottete zufrieden weiter.

Zoltán holte tief Luft und trat durch die Tür.

Zwei Polizisten standen am Küchentisch, seine Mutter saß.

»Da ist er ja.« Der Polizist winkte Zoltán zu sich.

Zoltán sah, dass seine Mutter geweint hatte. Das Braun ihrer Augen war wie gemalt mit zu dünnen Wasserfarben, an ihrem Hals waren nervöse rote Flecken.

Der Polizist bedeutete Zoltán, sich zu setzen.

Zoltán setzte sich und spürte, wie das Blut an seinen Schläfen pochte.

Seine Mutter nahm seine Hand.

Eine Fliege stieß hartnäckig an den Schirm der Küchenlampe.

Zoltán schaute auf die glänzenden Gürtel der Polizisten. An dem polierten Leder baumelten Pistolen und Stablampen.

»Du warst gestern Abend mit deinem Bruder hier?« Es war der ältere Polizist, der die Frage stellte. Er sah freundlicher aus als sein junger Kollege. Dem jüngeren hätte Zoltán alleine nicht begegnen wollen.

Zoltán blickte zu seiner Mutter, und ihre Augen sagten, dass er die Wahrheit sagen solle. Zoltán nickte.

»Und der Fernseher, den dein Bruder mitgebracht hat?«

Wieder schaute Zoltán zu seiner Mutter, dann zu Boden.

»Sieh mich an.« Der Polizist fasste Zoltán beim Kinn. Er tat es nicht grob. Die große Hand, die nach Tabak roch – es war fast ein wenig, wie wenn sein Vater ihn berührt hatte. Der Polizist hob Zoltáns Kopf, bis sie Auge in Auge blickten. »Also, antworte.«

»Ich weiß nicht.«

»Weißt du noch, was für ein Modell es war? Welches Fabrikat?«

Zoltán nickte.

Der Polizist sah Zoltáns Mutter an. »Wir würden den Jungen gerne mitnehmen. Er erkennt das Gerät vielleicht wieder.«

Zoltáns Handflächen wurden feucht. Er konnte den Blick nicht von den Gürteln der Polizisten nehmen. Er wusste, dass die schweren Stablampen zum Schlagen dienten, wenn kein Knüppel zur Hand war.

»Wir können den Jungen zurückbringen, anschließend.«

Zoltáns Mutter atmete tief ein und dann aus. »Geh mit den Herren Polizisten und sag einfach, was du weißt.«

Zoltán griff nach ihrer Hand, aber der ältere Polizist fasste seine Schultern und führte ihn hinaus zum Wagen.

Sie ließen Zoltán hinten einsteigen. Wo der Hund an das Rad gepinkelt hatte, war noch ein dunkler Fleck.

Sie fuhren los. Doch zu Zoltáns Überraschung ging es nicht in die Stadt, nicht zum Revier. Der Polizeiwagen bog holpernd auf den Grünstreifen, fuhr direkt auf das Ufer zu, wo die Wohnwagen standen.

Vor dem größten Wohnwagen, in dem der Prímás, der Oberste der Zigeuner, wohnte, parkte bereits ein Polizeiwagen. Zwei Beamte saßen darin und aßen Butterbrote.

Ein paar kleinere Kinder standen abseits. Sie hatten einen alten Hund und eine Ziege aneinandergeklebt, mit Paketband um die Hinterbeine. Die Tiere liefen nun im Kreis, um sich selbst und um die Kinder.

Zoltán saß starr auf dem Rücksitz. Zwischen ihm und den Polizisten war ein Gitter aus Metall. An den Türen fehlten innen die Griffe. Zoltán verfluchte Peti, und wofür er sich wirklich schämte, er verfluchte auch seine Mutter. Sein Vater hätte ihn nie so ausgeliefert.

Der Wagen hielt, der jüngere Beamte öffnete Zoltán die Tür. Er trug nun eine Sonnenbrille, verspiegelt, wie die der Cops in amerikanischen Filmen. Der Mützenschirm ruhte auf fettigen Haaren, der Nacken war rot und ausrasiert.

Die Zigeunerkinder unterbrachen kurz ihr Spiel, sahen zu, wie Zoltán ausstieg.

Er schwitzte, ihm klebte das Hemd am Rücken.

Ein kleines Mädchen fütterte die Ziege mit einem Büschel Gras.

Der Polizist führte Zoltán zum Wohnwagen.

Die weiße Kunststofftür stand offen. Der Polizist klopfte an den Rahmen.

Eine Stimme bat sie herein.

Nie hatte Zoltán einen der Wohnwagen betreten, ja nicht einmal das Stückchen Ufer, das den Zigeunern gehörte. Es war verbotener Boden. Zoltán dachte daran, was mit Filzstift auf einer der Rücklehnen im Bus stand. *Wir fressen eure Kinder!* Dahinter war ein Totenkopf. Die Antwort der ungarischen Jungen war ebenfalls mit Filzstift geschrieben. In Rot. *Ihr werdet bluten! Wir ficken eure Schwestern und brennen eure Wagen nieder!*

Zoltán trat sich, wie der ältere Polizist, die Füße auf der Matte ab und nahm die hohe Stufe in den Wohnwagen.

Es war kühl, fast kalt, die Luft einer großen Klimaanlage. Es roch nach Putzmitteln und Plastik, das ganze rollende Haus roch innen wie neue Autositze.

An einem breiten Tisch saß zu Kopf der Prímás, links von ihm eine ältere Frau und Big Isti, rechts saß ein Mädchen und daneben Peti.

Das Mädchen hatte seine Augen auf die Tischplatte gesenkt. Das lange Haar fiel ihr ins Gesicht.

Auch Peti schaute nicht richtig auf, sein Blick traf Zoltán von unten. Nur Isti und der Prímás fixierten ihn gespannt, wie einen Schauspieler, der aus dem Nichts in die Mitte der Bühne tritt. Zum Höhepunkt im letzten Akt – bloß, dass Zoltán seine Rolle nicht kannte.

Auf einem Sessel neben dem Kühlschrank stand der Fernseher.

Der Polizist legte die Hand auf das Plastikgehäuse. »Ist das der, den dein Bruder gestern heimgebracht hat?«

Erst jetzt sah Zoltán, dass die Gerätenummer von der Plakette gekratzt war. Er wagte es nicht, in die Runde am Tisch zu blicken. Er nickte stumm.

»Heißt das ja?«

»Ja.« Es war, als spreche leise ein Fremder mit Zoltáns Stimme.

»Und das war vor oder nach zwölf Uhr? Überlege gut, das ist wichtig.«

Zoltán brauchte nicht zu überlegen. »Davor, ganz sicher.« Ihre Mutter war gestern früh, um halb zwölf schon, heimgekommen.

»Du bist ganz sicher?«

»Ja.«

Der Polizist wandte sich zufrieden zur Runde am Tisch. Er nickte Peti zu. »Das deckt sich mit der Aussage deiner Mutter.«

Peti stand auf und trat zu ihnen. Der Polizist ging zur Seite.

Zoltán schloss die Augen, er erwartete einen Schlag, doch er spürte nur, wie Petis Hand sich dankbar auf seine Schulter legte.

Die Klimaanlage surrte. Draußen hörte man die Rufe der Kinder. Ein Hund bellte heiser.

Zoltán öffnete die Augen.

Der jüngere Polizist lehnte sich zu Peti, spuckte ihm leise die Worte ins Gesicht: »Ich weiß nicht, aus welchem Einbruch der ist,

Junge. Für gestern Nacht hast du vielleicht ein Alibi, doch deine Fresse, die merk ich …«

Der ältere Polizist unterbrach ihn. »Wir bräuchten dann nur noch eine Kopie von dem Kaufbeleg.«

»Hier. Ist eh keine Garantie mehr drauf.« Peti gab dem älteren eine zerknitterte Quittung, einen blassen Streifen Thermopapier, auf dem nichts mehr zu entziffern war.

Der jüngere Polizist ging ohne Gruß, sein Kollege legte lasch die Hand an die Mütze. Der Prímás erhob sich, als Hausherr, und begleitete den älteren Polizisten hinaus.

Isti schob sich langsam um den Tisch herum aus der Sitzecke. Der Wohnwagen war geräumig wie eine kleine Wohnung, nur nicht hoch genug, dass jemand wie Isti darin aufrecht stehen konnte.

Durch die Tür zog wärmere Luft herein. Die Klimaanlage surrte lauter. Draußen hörte man die Wagen der Polizei vom Platz fahren.

Isti machte gebeugt einen Schritt auf Zoltán zu.

Zoltán wich zurück, sein Blick suchte Hilfe bei Peti, doch der hatte sich abgewandt, sprach flüsternd mit dem Mädchen.

»Dein Bruder hat uns ein schönes Geschenk gemacht.« Isti deutete auf den Fernseher. »Du weißt, was heute Abend ist?«

Zoltán nickte, blickte zu Boden. »Das Rumänienspiel.«

Isti machte eine Faust, rund und riesig wie ein Handball. Er tippte leicht mit der Faust unter Zoltáns Kinn, hob es an. »Genau.« Er grinste. »Und, was tippst du?«

Dienstag, 4. April, nachts

Gestern war die OP. Alles ist gutgegangen. Ich durfte M noch nicht sehen, aber wir haben telefoniert. Ihre Stimme klang tief und müde, wie von einer Schallplatte, die ein wenig zu langsam läuft. Morgen kann ich sie besuchen. Ende der Woche kommt sie raus. Ich habe noch nichts von den Möbeln gesagt.

~~~~

Heute lag im Briefkasten eine Rechnung von der Mittwochszeitung. ›Ihre Kleinanzeige. Rubrik Immobilien.‹ Unser Haus ist ab morgen also offiziell zu verkaufen …

~~~~

Es war ein langer Tag. Ich drehte die Musik auf bis zum Anschlag und schlurfte im Haus rauf und runter, sagte allen Wänden auf Nimmerwiedersehen.
Es waren mittags 25 Grad draußen. Eigentlich schön.

Ich hatte mir zum Frühstück im Supermarkt Eis gekauft (die 1000-Gramm-Familienpackung, Vanille) & vergessen, dass der Kühlschrank … musste die Packung also leer machen. Bin mit dem Eis und einem Buch ins Bett gegangen. ›Tales of the City‹ (nach ganzen 107 Seiten war die Eispackung leer). ›Tales‹ spielt in einem Haus in San Francisco. Die Besitzerin, Mrs. Madrigal, baut im Garten Gras an und verteilt die Joints an ihre Mieter. Ein Mädchen, Mary Ann, ist von den Eltern weggezogen und findet bei Mrs. Madrigal ein neues Zuhause. Ich bin verliebt in ›Mouse‹ (Michael Tolliver, Mary Anns Mitbewohner). Mir ist egal, dass er schwul ist. Ich würde sofort bei ihm einziehen … Es ist auf Englisch nicht schwer zu lesen, aber ich finde keines der Wörter, die mit Sex zu tun haben, in meinem Wörterbuch.

Ich schrieb die Wörter raus und googelte sie am Mittag im Internetcafé. Ich kam sofort auf die krassesten Seiten. Leute, die es mit Tieren treiben, und Kameras, die sich in Ärsche bohren.
Ein Typ am Bildschirm neben mir schaute rüber und machte Stielaugen. Ich habe die Webseite noch einmal extra langsam runtergescrollt. Dabei war es, als wäre die Kinnlade des Typen neben mir mit meiner Maus verbunden ...
Dann wurde es unheimlich. Mir wurde schlecht in der Bauchgegend, auch vom Eis. Ich bin zurück zu Google und auf die Seite von Bob Dylan: er kommt im Juli nach Budapest! Zwei Tage vor meinem Geburtstag. Ich fragte mich, ob M mir das Konzert als Geschenk ~ und sah uns schon wieder streiten ~ dass ich nicht allein, ohne Begleitung und so weiter ~ bis mir das Geld aus Vs Umschlag einfiel. Nun hoffe ich nur, dass es noch Karten gibt. Es gibt eine Hotline, morgen früh rufe ich an. Bob, Budapest, my San Francisco, here I come!
Ich war den Rest vom Tag glücklich.
Ich war wie gestern nicht in der Schule, Ms OP hat mich entschuldigt.

~~~~

Es ist sauspät. Ich habe das Licht noch einmal angemacht. Ich liege im Bett und kriege die krassen Bilder von der Webseite nicht aus dem Kopf. Kam alles wieder, plötzlich, beim Abschließen der Tür unten. Ich habe Angst zu träumen.
Morgen besuche ich M.
Morgen reserviere ich mir die Dylan-Karte.
Heute war der letzte Tag meiner Periode.

Lass mich gut träumen heut Nacht.
~~~~

Es nieselte. Der lehmige Boden der Haltestelle klebte schwer an den Schuhsohlen. Zoltán wartete auf den Bus der Innenstadtlinie, über der Schulter die Tasche mit den Schwimmsachen. Das Fußballspiel vor einem Monat hatte Rumänien verloren. Auch die Zigeuner hatten die Nacht durch gefeiert. Am Morgen danach stiegen im Hof des Wohnblocks schwarze Wolken auf. Die Luft war beißend, die Frauen holten schnell die Wäsche rein. Ein Müllcontainer brannte. Vielleicht durch Brandstiftung, doch wahrscheinlich durch Zigarettenkippen. Es gab nur zwei Schlägereien. Ein Junge aus der Klasse über Zoltán verlor ein Ohr. Das Läppchen und die Hälfte der Muschel waren abgeschnitten. Zwei Zigeunerjungen wurden daraufhin verhaftet. Es stellte sich heraus, dass sie nichts damit zu tun hatten. Der Junge, den man blutüberströmt im Eingang von Block Gelb gefunden hatte, hatte wie alle den Sieg gefeiert, hatte Pech gehabt und war im Suff gefallen, mit dem Ohr auf die scharfen Scherben einer Bierflasche. Seine besoffenen Kumpel waren erschrocken und weggerannt.

Zoltán lehnte sich leicht ans Schild der Haltestelle, das im weichen Boden nachgab. Er blickte hinüber zum Kanal, zum Horizont, wo die dichten Wolken die Farbe von Beton hatten.

Zwischen den Wohnwagen der Zigeuner waren Leinen gespannt. Seit Tagen leuchteten dort im Nieselregen drei knallrote Hemden. Daneben hing seit heute Morgen der blaue Rock von Mária. Aber besonders die kleinen weißen Schlüpfer auf der gleichen Leine zogen Zoltáns Blick an. Seit der Sache mit dem Fernseher war er dem Lager nicht mehr nahe gekommen. Er hatte Peti versprechen müssen, über alles zu schweigen. Sein Bruder hatte ihren heiligsten

Schwur gefordert: ›Bei Vater.‹ Die Polizei fuhr noch ihre Runden, doch je mehr es Herbst wurde, regnete, je schlammiger die Seitenstraßen um die Wohnblocks wurden, umso seltener ließen die Herren der Ordnung sich blicken.

Zoltán spürte, wie er einen Steifen bekam. Er brauchte nicht einmal zu den herrlichen Schlüpfern zu schauen, die Gedanken reichten völlig. Hinter den Wäscheleinen erkannte er die Frau des Prímás. Sie turnte mit einem Schwamm und einem Eimer voll Seifenwasser um den alten Mercedes herum.

An der Bushaltestelle mit einem Steifen zu stehen, war eine alberne Sache. Zoltán hielt die Schwimmtasche vor seinen Schoß und versuchte, die Gedanken auf etwas anderes zu lenken. Er dachte daran, dass seine Mutter früher, davor, auch den ganzen Tag zu Hause geputzt hatte. Davor hatte die winzige Wohnung stets geglänzt.

Davor. Danach.

Diese zwei kleinen Wörter markierten den einzigen festen Punkt in Zoltáns Zeitrechnung. Das hieß, den Punkt, seit dem die Uhr in seinem Kopf anders tickte. Jenen Nachmittag, an dem der Anruf aus dem Krankenhaus kam. In der Fabrik waren vier Paletten mit schweren Kupferkabeln ins Rutschen gekommen, hatten seinen Vater zerquetscht. Er starb auf dem Weg ins Krankenhaus.

Die Latte in Zoltáns Hose schrumpfte. Die Frau des Prímás schlitterte weiter flink um den Wagen. Der Regen spülte genauso flink die Seife herunter. Kotflügel, Stoßstange und Kühlergrill bekamen dicke, weiße Schaumborden. Es sah aus, als würde die alte Frau den Mercedes einhäkeln. Ihr Kopftuch, ihre zackigen Bewegungen erinnerten Zoltán an einen russischen Trickfilm, einen Fernsehsonntag auf dem Schoß seines Vaters.

Zoltán lehnte sich wieder ans Schild der Haltestelle. Er träumte sich zurück, noch einmal, lehnte an der Brust seines Vaters, dessen Hemd wunderbar nach Waschmittel, Tabak und Schweiß roch. Im Fernseher vor ihren ausgestreckten Füßen gähnte schwarze Leere, dann zog ein höllischer Wind dort auf, wehte Wattebäusche durch die Luft. Eine alte, arme Frau schleppte sich langsam ins Bild. Sie fror und fand ein kleines Schaf, das ebenfalls zu frieren schien. Das Schaf aber war verzaubert, und die hutzelige Alte konnte häkeln wie der Teufel. Das Schaf versorgte sie dazu mit einem endlosen Wollfaden. In zwei Sekunden hatte die Alte im Film sich ein Kleid gehäkelt. Danach ein ganzes Haus. Sie wurde immer fleißiger, häkelte sich Lampen, ein Sofa und einen Kachelofen. Sein Vater lachte, legte den Arm um Zoltán, und die Alte im Film wurde immer protziger. Sie lud Leute zu sich ein und häkelte sich ein Grammophon. Eine tolle Party. Auch Zoltán lachte, und die Alte wurde immer gieriger. Sie trug schon fünfzig Häkelkleider, und vor lauter gehäkelten Kissen und Möbeln konnten die Gäste kaum noch stehen. Dazu spielte das Grammophon, und die Alte drehte völlig durch. Die Party kochte. Als man dachte, alle würden am Gehäkelten ersticken, lief das Schaf davon. Es rannte in den leeren, schwarzen Raum hinein, zog den Zauberfaden mit sich und ribbelte zuerst das Grammophon, dann Ofen, Sofa, Kissen, Lampen und Kleider auf. Die Gäste flüchteten. Das Haus wurde Stockwerk für Stockwerk aufgeribbelt. Als Letztes ribbelte sich die Alte auf. Auch sie war nur gehäkelt.

Zoltán dachte an die Beerdigung. Der Direktor ihrer Schule hatte Peti und ihm am Morgen freigegeben. Es war ein sonniger Tag gewesen, ein Freitag, vor vier Jahren, im Mai. Zoltán hatte am Grab nicht weinen können. Peti hatte geweint, doch wie aus Wut. Auch damals hatte Zoltán an den Film denken müssen, an den vorherigen Fernsehsonntag auf dem Schoß seines Vaters. Asche zu Asche und Staub zu Staub. So war das. Wenn das Leben zu schön war, schlug das Leben einem in die Fresse. Was sollte sonst der Film bedeuten?

Zoltán schaute zur Uhr am Supermarkt. Der Bus war so spät, dass er problemlos zur nächsten Taktzeit wieder pünktlich wäre.

Entlang der Straße hatten sich Reihen mit Pfützen gebildet.

Zoltán studierte die Plakate des Supermarkts, die Sparhits der Woche: ein DVD-Player für 6000 Forint und ein Kilo Hack für 40. Dann trat Mária aus der Schiebetür, in ihren Händen eine Tüte Chips. Sie kam auf Zoltán zu, ihr Rock wehte weit und himmelblau um ihre Beine. Zoltán dachte an die weißen Schlüpfer. Mária stellte sich an die Haltestelle.

Es hörte auf zu nieseln.

Mária steckte sich eine Handvoll Chips in den Mund und kaute. Sie war so nah, Zoltán konnte die Chipstüte knistern hören.

Dann bog der Bus um die Ecke, ohne dass Zoltán es mitbekam. Er war der Einzige, der keinen Schritt zurück machte. Der Bus kam prustend in der Reihe der Pfützen zum Halten.

Die Fahrgäste stiegen ein oder aus, während Zoltán schnell den gröbsten Schlamm von seiner Hose klopfte. Er sprang als Letzter in den Bus.

Mária saß in der Mitte, nur noch die Bank hinter ihr war frei.

Zoltán rückte wie sie zum Fenster durch. Eine lange Strähne aus Márias Haar hing über die Rückenlehne, berührte fast Zoltáns Knie. Es war Rekord. So nah war ihr Zoltán noch nie gewesen.

Der Bus fuhr an, die Scheiben blind vom Dunst der Fahrgäste.

Zoltán streckte langsam seine Hand aus, über seinen Schoß, die verdreckten Hosenbeine, und berührte Márias Haar. Es war viel weicher noch, als es aussah.

Zoltán spürte sein Glied wieder wachsen. Der Bus fuhr rappelnd durch die Schlaglöcher. Das Mädchen drehte seinen Kopf zum Fenster, die Strähne Haar glitt aus Zoltáns Hand. Er schaute über Márias Schulter und las mit, was ihr Zeigefinger auf die beschlagene Scheibe schrieb: *Shit ha…p…p…e…n…s.* Darunter malte sie ein kleines Herz.

Die nächste Haltestelle stand sie auf. Sie stieg aus und warf Zoltán, bevor die Tür sich schloss, über die Schulter einen fragenden Blick zu. Der Bus fuhr weiter, auf ihrem Sitz blieb eine halbvolle Tüte Chips liegen. Zoltán langte danach und steckte sie schnell in seine Schwimmtasche.

Keine zwanzig Minuten später schwamm er bereits seine Bahnen, glücklicher, schneller und verzweifelter als sonst. Nach vierzig Bahnen duschte er kalt, bis das eisige Wasser den letzten Gedanken an Sex gekillt hatte.

Auf dem Heimweg aß er Chips.

Zu Hause zögerte er einen Moment vor der Hintertür. Am morschen Holz blätterte die Farbe. Küchengeräusche drangen nach draußen, der Duft von Bratfett und Kartoffeln. Zoltáns Trainingshose hatte keine Tasche für den Schlüsselbund. Er klopfte.

Seine Mutter öffnete. »Halt, keinen Schritt weiter!« Ihr Blick zielte, flankiert von ihrem Kochlöffel, auf Zoltáns Hosenbeine. »Zieh dich draußen aus.«

»Mutti …«

Ein Wink mit dem Kochlöffel, wie Clint Eastwood im Western mit dem Lauf seiner Knarre.

Zoltán zog vor der Tür seine Schuhe und die schlammverkrustete Hose aus. Dass der Wohnblock ihm dabei auf die Unterhose guckte, schien seine Mutter nicht zu interessieren.

»Die Socken auch.«

Er zog auch die Socken aus. Er schämte sich, nicht nur vor den Gaffern im Block, den Alten, die den ganzen Tag lang im Küchenfenster hingen. Zoltán schämte sich auch ein wenig vor seiner Mutter. An seinen Beinen wuchsen dunkle Härchen, und kurzes, schwarzes Haar spross in Kräuseln unter seinen Shorts. Es war neu und cool und irgendwie abartig.

»Komm rein, erkälte dich nicht.« Seine Mutter lächelte. »Und lass die Sachen draußen.« Sie hob den Deckel vom Topf und rührte um. Der Duft der Kartoffeln stieg in Schwaden auf, kroch in Zoltáns Nase, roch nach Paprika wie die Chips. Er ließ die Trainingssachen vor der Tür liegen und verzog sich in sein Zimmer.

Die beiden Zimmer der Einzimmerwohnung lagen direkt hintereinander: Durch eine Plastiktür vom Baumarkt war aus dem Flur ein zweites Zimmer geworden. Ein schmaler Raum ohne Fenster. Anfangs das Kinderzimmer, heute schlief dort die Königin. Im alten ehelichen Schlafzimmer standen nun Petis und Zoltáns Bett.

Das frische Laken von Petis Oberbett war noch so glatt wie gestern Abend. Peti hatte die Nacht wieder woanders verbracht. Niemand wusste, wo, doch Zoltán malte sich aus, dass sein Bruder in einem der Wohnwagen lag, in den nackten Armen von Márias Schwester, eng umschlungen unter duftenden Decken und Kissen. Zoltán dachte an Blowjob und Doggy Style, die Palette von Stellungen, die er aus Pornoblättchen kannte. Irgendwo, in einer richtigen Zeitschrift, hatte er gelesen, dass die NASA heimlich Astronauten und Astronautinnen ins Spacelab geschickt hatte. Dort oben sollten sie feststellen, wie es sich schwerelos vögeln ließ. Das Projekt war topsecret, doch ein paar der Ergebnisse sickerten durch. Die übliche Stellung zum Beispiel, bei der der Mann auf der Frau liegt, funktionierte im All nicht.

Zoltán setzte sich aufs Fensterbrett und schaute zum Himmel. Wer wusste, was die Russen in der Umlaufbahn trieben …

Die Regentropfen hingen wie kurze Fransen am Fensterkreuz.

Zoltán hauchte die Scheibe an und schrieb *Shit happens!* auf die Höhe der drei roten Hemden, die in der Luft zwischen den silbergrauen Wohnwagen schwebten. Höchstwahrscheinlich war sein Bruder unterwegs mit Kumpeln. Sie sprayten oder hingen ab, in den billigen Clubs beim Ostbahnhof. Einmal hatte Zoltán auf dem Boden im Kleiderschrank eine Bonuskarte vom ›Come In‹ gefunden. Das ›Come In‹ war ein Pornokino am Rand von Klein Pest. Die Karte musste aus Petis Klamotten gefallen sein. Drei der zehn Felder waren bereits gestempelt, der rote Stempel zeigte Titten, ein Paar eklig dicke Möpse. Zoltán hatte die Karte zerrissen und das Klo hinabgespült. Er musste dreimal abziehen, bis die zerschnipselten Monstertitten in der Unterwelt verschwanden. Peti hatte nie nach der Karte gefragt. Er war noch schweigsamer in letzter Zeit, und vielleicht stimmte es ja, dass Peti verliebt war. Doch Zoltán wusste auch, dass ein Mädchen wie Márias Schwester ihn nie ranlassen würde, auf keinen Fall vor der Hochzeit.

An diesem Abend schlug sich Zoltán den Bauch voll. Er aß drei Teller von den fettigen, scharfen Kartoffeln, schlang den ersten und auch den zweiten nur so hinunter. Seine Mutter freute sich. Zwei der vier Stühle standen leer am Tisch. Und Zoltán hatte nicht nur Hunger, sondern auch das Gefühl, er müsse für die zwei, die fehlten, mitessen. Und sei es nur, um seiner Mutter eine Freude zu machen. Und sei es nur … um die Leine in seinem Kopf zu kappen, an der die weißen Höschen wehten … der Hintern darin genauso hell und weich … vorn ein Dreieck aus seidigem schwarzen Haar … weich wie die Strähne, die er berührt hatte …

Zoltán leckte den Löffel ab. Seine Bauchdecke spannte. Ihm war übel. Er war erschöpft vom Schwimmen und von der ständigen Sehnsucht.

Es wurde dunkel draußen, die Zeiger der Küchenuhr rutschten auf die Zehn. Zoltáns Mutter ging zur Arbeit, er ins Bett.

Er schlief schlecht und träumte viel.

Das schwache Licht einer Taschenlampe schwirrte in seinem Traum durchs Zimmer. Zoltán träumte von leeren Räumen, die wie Schachteln ineinandersteckten, Irrgärten, die man nur an einer verborgenen Stelle, durch einen Vorhang aus rotem Samt verlassen konnte ... um in das nächste Labyrinth zu treten. Zoltáns Träume waren unbesiedelt. Doch er hörte Schritte, ein leises Schlurfen. Der letzte rote Vorhang nahm ihm fast die Luft. Zoltán kämpfte sich hindurch, fand den Spalt zwischen den schweren Falten und fiel in einen rosa, mit Titten gefüllten Raum. Rosa Brüste, die so groß wie Zementsäcke waren, lehnten gegen die rosa Wände, lagen auf dem rosa Boden herum. Die Luft im Raum war warm und feucht. Das Atmen fiel schwer. Jemand berührte seine Stirn, und es war, als erwachte Zoltán kurz, als stünde Peti an seinem Bett und murmelte etwas. Dann sackte Zoltán wieder in den erdrückenden Traum zurück, rutschte zwischen die gestapelten Titten. Sie kamen ins Rutschen, kippten über ihm zusammen und zerquetschten ihn. Zoltán starb auf dem Weg ins Krankenhaus. Mit einem Schrei rang er nach Luft, fand hinaus, ins Erwachen.

Das Zimmer lag im blauen Morgenlicht.

Zoltán blinzelte, blickte auf das leere Bett gegenüber. Der Alptraum hing noch klebrig, wie ein nasses Handtuch um seinen Kopf. Etwas stimmte nicht. Petis Oberbett war zerknautscht. Nur sein Kopfkissen war noch glatt. Die Tür am Kleiderschank stand offen. Und dann sah Zoltán, was nicht stimmte. Der Koffer. Der braune Koffer unter Petis Bett war verschwunden.

Zoltán sprang auf, schaute in den Kleiderschrank und dann in Petis Nachttisch. Leer. Nur ein paar Staubflocken und ein blauer Bleistiftstummel. Einer von denen, die es bei IKEA umsonst gab.

Peti hatte sich aus dem Staub gemacht.

Zoltán schwankte, ihm wurde schwarz vor Augen. Zu schnell aufgestanden. Kreislauf. Zu schnell gewachsen, meinte der Schularzt, auch die Schmerzen in den Knien kämen daher.

Zoltán stützte sich auf die Fensterbank und schaute hinaus zum Kanal. Alles braun und grau. Die letzten Flecken Gras waren untergegraben, der Boden durchfurcht von Wagenspuren. Die drei roten Hemden leuchteten nicht mehr am Ufer.

Zoltán rieb seine Augen und wünschte sich, aus dem Alptraum, in den er gerade erwacht war, zu erwachen. Er drückte die Stirn an das kalte Fensterglas. Das Gefühl war untrüglich – das war das Wachsein, die Wirklichkeit. Vom Wohnwagenlager war nichts geblieben außer den Reifenspuren. Die Zigeuner waren weitergezogen.

Zoltán starrte hinaus, wie er zuvor auf Petis leeres Bett gestarrt hatte.

Der blaurotweiße Fetzen einer zerrissenen Tesko-Tüte wehte über den Grünstreifen. Sie blieb am Ufer in den Büschen hängen. Dort, wo die Wohnwagen, Autos und Wäscheleinen sich aufgeribbelt hatten, wie das Haus der Alten in dem russischen Trickfilm.

Verreisen

Then take me disappearin' through the smoke rings of my mind
Down the foggy ruins of time, far past the frozen leaves
The haunted, frightened trees, out to the windy beach
Far from the twisted reach of crazy sorrow.

Bob Dylan

Montag, 10. April, abends

Ich bin todmüde. Gestern Nacht ist M zurück ins Krankenhaus. Sie war zwei Tage hier, dann bekam sie plötzlich keine Luft mehr. Sie lag im Wohnzimmer, ihr Gesicht war grau wie der Bezug des Sofakissens. Ein Krankenwagen hat sie abgeholt. Ich bin zu Hause geblieben. Der Notarzt war müder als wir alle zusammen, ich habe von dem, was er murmelte, nicht viel verstanden. »Komplikationen«, »Dialyse« und »zwei Tage, länger nicht«. Es musste alles so schnell gehen. Ich habe Ms Sachen eingepackt, ihre Waschsachen, ihren Bademantel, und mich dabei gefragt, was ›zwei Tage, länger nicht‹ bedeutet.
Als der Krankenwagen abfuhr, kam die Kovács rüber. Sie sah besorgt aus, sie mag uns, gleichzeitig sah man ihre Sorge, dass der Verkauf jetzt nicht glattgeht.
Letzten Samstag, als M wieder zu Hause war, kamen sie beide, sie und ihr Mann. Sie brachten Blumen. Sie wollen das Haus kaufen, für ihre Tochter, die wohl im dritten Monat ist. Herr Kovács hatte einen Vorvertrag dabei, den haben alle unterzeichnet. M schien erleichtert danach. Was mich wundert, ist, wie cool sie die Sache mit den Möbeln genommen hat. Wahrscheinlich hat sie in dem Moment das Gleiche wie ich gedacht: weniger Möbel = weniger Mühe beim Umzug.

~~~~

Ich habe vorhin begonnen zu packen. Die alten Kindersachen aus den Schubladen sind nun alle in einem großen Karton, die Puzzles und Stofftiere, ich lass sie hier, für die Kovács, die Enkelkinder.
Ich nehme nur ein paar Bücher, die besten Kleider und die CDs mit. Das Subterranean-Homesick-Blues-Poster habe ich abgehängt und zusammengerollt. In meiner Vorstellung hängt es schon in meinem neuen Zimmer in Budapest. Die Kartenhotline war bisher immer
~~~~

besetzt. Als ich vorhin noch einmal anrief, hat es geklingelt, aber niemand hat abgenommen. Try, try, try again ...

~~~~

Gerade eben ging das Telefon: M rief aus dem Krankenhaus an. Sie klang gut, fast fröhlich. Sie sagte, sie sei »nun an der Maschine«.
Ich nickte, obwohl ich wusste, dass sie's nicht sieht, traute mich nicht zu fragen, an was für einer Maschine sie ist. Sie fragte, ob ich zwei weitere Tage allein zurechtkomme. Ich nickte noch einmal, sagte dann: »Klar.« Sie sagte: »Falls du was brauchst, geh zu Kovács.«
Ich sagte: »Mach ich«, und schämte mich, wie leicht ich lüge.

~~~~

Ich kann nicht schlafen, bin total aus dem Rhythmus. Nachdem der Krankenwagen weg war, letzte Nacht, lag ich lange wach. Die Hunde in den Nachbargärten bellten, aufgeschreckt vom Blaulicht. Erst als es dämmerte, beruhigten sie sich. Ich las acht Kapitel aus ›Further Tales of the City‹, schlief noch einmal ein und träumte tausend Spielfilme. Ich weiß nur noch den letzten ~ Hunde bissen in meine Schenkel. Es tat nicht richtig weh, aber es blutete. Auf der Tafel im Klassenzimmer stand irgendetwas von ›sexy Schlampe‹ und ›geschieht ihr recht‹ ~ ich wusste ganz sicher, dass sie mich damit meinen und dass die Hunde die Strafe waren ~ ich wusste nur nicht wofür ~
Als ich aufwachte, war ich verschwitzt, die Fenster waren zu, die Luft im Zimmer stickig. Von draußen drückte die Hitze an die Scheiben, es war schon Mittag. Ich hörte den Hund bei Kovács bellen und habe gewusst: ich habe das alles schon einmal geträumt, vor ein paar Wochen: den ganzen Traum mit den Hunden, dass ich erwache, in einem Haus, das halbleer, halb verlassen ist.
Ich habe den Traum im Tagebuch gesucht, aber nicht gefunden. Peinlich, was ich früher so geschrieben habe. Bis auf die letzten Tage alles peinlich, kindisch. Wenn ich die Erdbeerflecken auf den letzten

Seiten sehe, muss ich an V denken. Auch bei den Bohrlöchern in den Wänden oder dem dunklen Rechteck auf dem Parkett, wo der Teppich lag. Früher hatte er immer neue Namen für mich, im Winter war ich sein ›kleines Öfchen‹ – weil ich immer warme Hände hatte –, im Sommer nannte er mich sein ›kleines Erdbeermädchen‹ – wegen meiner Haarfarbe.

Manchmal vermisse ich V.

Manchmal merke ich, dass ich nicht meinen heutigen Vater zurück will, sondern den, der er schon lange nicht mehr ist.

Manchmal geht es mir mit M genauso.

Manchmal weiß ich nicht, worauf ich hoffen soll.

Manchmal möchte ich, dass wieder jemand kommt, der mir neue Namen gibt.

Manchmal weiß ich nicht, worauf ich warte.

Manchmal warte ich trotzdem.

~~Manchmal möchte ich~~ Ich will, dass wieder jemand kommt, der mir neue Namen gibt.

Vier Tage nach Petis Verschwinden stand Zoltán mit seiner Mutter vor dem Eingang des Polizeireviers. Ihm war nicht wohl dabei, doch seine Mutter hatte darauf bestanden, dass er mitkomme. Sie checkte ihre Frisur im kleinen Taschenspiegel und strich ihrem Sohn die Jacke glatt.

Sie betraten das Revier. Die Luft war trocken und überheizt. Ihre Kleider knisterten. Es roch nach Ölofen.

Der Polizist an der Pforte saß wie ein Ausstellungsstück hinter Panzerglas. Die Aussicht auf ihn war verziert von fettigen Schmierstreifen. Auf seiner Schulterhöhe erkannte man die Reste eines Cheeseburgers, die Käsescheibe klebte erstklassig, doch der Ketchup war verlaufen. Das wabbelige Sesambrötchen lag zertrampelt auf dem Boden.

Zoltáns Mutter klopfte mit einem Finger an die Scheibe und rieb den Knöchel danach am Kleid ab. Der Polizist wandte sich ihnen zu. Das dicke Glas gab dem Gesicht eine grünliche Farbe. Er schickte Zoltáns Mutter mit einem Wedeln der Hand den Flur entlang. Zoltán blieb dicht hinter ihr.

Der Warteraum war fensterlos und gefüllt mit schlechtem Atem.

Ein anderer Polizist kam. »Bitte?«

»Mein Sohn ist verschwunden. Ich möchte …«

»Setzen Sie sich.« Er zeigte hinter sie, auf eine Bank bei den Heizkörpern. Zoltán wollte sich setzen, doch seine Mutter hielt ihn am Ärmel fest. Halb auf der Bank, halb auf dem warmen Eisen des Heizkörpers lehnte ein Mann. Er wirkte alt und ausrangiert, schlief oder döste. Seine Wangen waren rot und stoppelig, seine Nasenspitze violett, eine Säufernase. Seine ganze Gestalt, sein grauer Daunenmantel dünstete den Geruch von billigem Wein aus.

Seine Mutter zog Zoltán zur Wand neben der Tür. Polizisten kamen und gingen. Mit jedem Aufschwingen der Außentür verirrten sich der Straßenlärm und etwas atembare Luft herein. Die Gesichter der Polizisten waren grau und übermüdet. Ihre Uniformen rochen unbarmherzig nach verschwitztem Polyester und Autoheizung.

Zoltán wusste, dass seine Mutter hier im Stehen warten würde. Wenn es sein müsste, Stunden. An der Wand hing eine Reihe Plakate. Zoltán studierte sie genau, um sich abzulenken. Die größeren waren dreisprachig, Ungarisch, Deutsch und Englisch, und in Hochglanz gedruckt. Die kleineren, ungarischen waren schlechte Schwarzweißkopien. ›Die Polizei bittet um Ihre Mithilfe.‹ Meist Einbrüche in Supermärkte. Eine einzelne Vergewaltigung. Ein Plakat trug ein Phantombild. Es sah aus wie ein Porträt aus der Fußgängerzone. Das gescheiterte Werk eines Hobbymalers. Die Gesichtszüge waren derart schief, dass unmöglich ein Mensch existieren konnte, der so aussah. Jedenfalls auf unserem Planeten nicht. Zoltán las den Text zu der Vergewaltigung. Ein junges Mädchen, in seinem Alter, vierzehn. Zoltán staunte über die Gegend, wo es passiert war. Eine sichere Gegend, eigentlich. Es war das Datum, sogar die genaue Tatzeit angegeben. Er überlegte, wo er selbst zu dieser Zeit gewesen war, was er gemacht hatte, die langen, parallelen Minuten über. Die Vorstellung, dass auch jetzt, während er hier stand und las, irgendwo in der Stadt irgendwer vergewaltigt wurde, machte Zoltán Gänsehaut. In einer Stadt, in der über zwei Millionen Menschen lebten, passierte ständig alles. Die Dinge, die gerade in Buda oder Pest, im Stadtteil nebenan, eine Straße weiter, vielleicht im Stockwerk über ihnen oder in den Kellern des Polizeireviers … es war die Art Gedanke, die Zoltán nachts nicht schlafen ließ. Denn gerade nachts passierten die schlimmsten Dinge. Die Nacht war die geheime, finstere Bühne aller Abscheulichkeiten. Gegen die Bilder davon half nur die Vorstellung von anderen Dingen – schönen Dingen, die gleichzeitig mit den schrecklichen passierten – sozusagen zum Ausgleich. Ein hübsches Mädchen, das sich freiwillig im Bus oder in der U-Bahn zu dir setzt. Ein Familienvater, der mit Geschenken nach Hause kommt. Ein gütiger Lehrer, der die Träume der letzten Nacht in den Gesichtern der müden Schüler sieht. Ein paralleles Universum – ein besseres. Manchmal tröstete es Zoltán, sich vorzustellen, dass auf der ganzen Welt jeden Tag, jede Minute, ja jede Sekunde die guten Dinge knapp in Führung lagen. Wenn in der Nacht *nur ein Mensch mehr* einen anderen liebte als Menschen einander hassten, käme die Welt nicht aus dem Gleichgewicht, ja gäbe es so etwas wie … Gott? Zoltán zweifelte … aber Hoffnung auf jeden Fall.

Der Alte auf der Bank erwachte und kraulte sein Haar, suchte auf der Kopfhaut so etwas wie den dicksten Streusel auf einem Kuchen, döste darüber wieder ein. Seine Hand rutschte auf den Heizkörper und kraulte weiter dort den Lack.

Es war still. Hin und wieder fuhr draußen ein Auto vor. Dann kamen gähnende, graue Gesichter herein, und Sauerstoff.

Und je länger Zoltán lauschte, umso deutlicher drang aus der Stille ein Konzert kleiner Geräusche: Der Polizist am Ende des Flurs ging ans Telefon. Seine Stimme war durch die schmierige Scheibe nur ein Murmeln. Die Bronchien des alten Mannes fiepten leise. Das warme Wasser in den Heizkörpern gluckerte, und seine Mutter atmete hin und wieder hörbar aus. Sie seufzte.

Zoltán wandte sich noch einmal dem Phantombild zu. Irgendwo hatte er dieses Gesicht schon mal gesehen. Die niedrige Stirn, die breiten Wangenknochen und buschigen Augenbrauen des Täters erinnerten Zoltán an … natürlich, er musste grinsen: *Der Planet der Affen*. Der außerplanetare Primat auf dem Bild war ein Trickbetrüger auf der Váci utca, der großen Einkaufsstraße für Touristen. Beim Gedanken daran, dass noch ein zweites Exemplar dieser Gattung frei herumlief, nur dass dieser junge Mädchen vergewaltigte, verging Zoltán das Grinsen, und die Gänsehaut kehrte zurück.

Eine der braunen Bürotüren öffnete sich, und eine Stimme bat sie hinein. Zoltán folgte seiner Mutter.

Ein Polizist zeigte zur Begrüßung auf zwei Stühle vor seinem Schreibtisch.

Sie setzten sich. Zoltáns Mutter erzählte, dass sie Peti seit vier Tagen vermissten. Der Polizist hörte zu, kratzte dabei mit einem abgebrochenen Bleistift an der Tischkante.

Zoltán musterte das Halfter mit der Schusswaffe, das über der Garderobe hing.

Seine Mutter redete, sprach von Peti, von ihrem Vater. Das Gesicht des Polizisten blieb unbewegt. Die Augen blinzelten ab und zu. Seine ganze Gestalt, die Lider, die sich in Zeitlupe öffneten und schlossen, erinnerten Zoltán an ein Reptil. Zoltán stellte sich vor, was der Polizist Tag für Tag zu hören bekam. Die Sorge einer einsamen Mutter musste ihn langweilen.

Auf dem Fensterbrett standen Kakteen in mit Sand gefüllten Senfgläsern. Eine blühte.

Zoltán scannte das Büro aus den Augenwinkeln.

Als seine Mutter erwähnte, dass auch der Koffer, Petis Kleider und die Scheine aus ihrer Spardose fehlten, gähnte der Polizist. Die Details entlarvten die Geschichte von dem Sohn, der spurlos verschwunden war, von Zigeunern gekidnappt – was blieb, war die alltägliche Geschichte eines Jugendlichen, der seinen eigenen Weg ging. Abgehauen. Die Kurve gekratzt. Die Fliege gemacht. Die große Flatter. Gerade noch rechtzeitig. Ein eigenes Leben. Ein Versuch.

Der Plastikstuhl unter Zoltáns Hintern knirschte. Zoltán spürte, wie ein Schweißtropfen seinen Rücken hinunterlief. Auch das Hemd des Polizisten hatte um die Achseln dunkle Flecken.

Einen Moment war es still. Nur der Heizkörper unter dem beschlagenen Fenster bullerte.

»Er war bisher nie länger als drei Nächte nicht zu Hause.«

Der Polizist gähnte noch einmal, entschuldigte sich dafür, hielt die Hand, die er eben noch vor den Mund gehalten hatte, hoch, bat Zoltáns Mutter damit zu schweigen.

Auch Zoltán hielt die Luft an, obwohl er selbst bisher noch nichts gesagt hatte. Denn was hätte er von Petis Verschwinden erzählen sollen? Von den Schritten in seinem Traum? Davon, dass Petis Gesicht sich noch einmal kurz über seins gebeugt hatte? Von einem rosa Raum, in dem rosa Titten ihn ersticken wollten? Oder von drei roten Hemden und einer Wäscheleine mit den herrlichsten weißen Schlüpfern, die plötzlich nicht mehr im Wind wehten? Von einer Tüte Chips, die wie absichtlich liegen blieb, fast wie ein Abschiedsgeschenk? Was interessierte es die Polizei? ›Shit happens‹, dabei war Zoltán nicht mehr sicher, was es bedeutet haben sollte. Vielleicht hatte Mária ja längst gewusst, dass sein Bruder bereit war zu verschwinden, über Nacht, die Seiten zu wechseln.

»Also«, der Beamte hustete, klärte den Hals für ein Schlusswort, »da Ihr Sohn noch minderjährig ist, könnten wir das Ganze jetzt zu den Akten nehmen.«

Zoltáns Mutter nickte.

Der Polizist schüttelte den Kopf. »Aber raten tue ich es Ihnen nicht. Ich rate Ihnen lieber, warten Sie. Der Junge kommt bestimmt zurück. Neun von zehn kommen zurück. Sie können mir glauben, Sie ersparen sich Sorgen.« Der reptilienhafte Blick des Polizisten rutschte auf seine Schreibmaschine und schien zu sagen: ›Und uns ersparen Sie so Papierkram.‹ Er griff nach seiner Jacke, die über dem Stuhl hing, und zog sie über. Er knöpfte sie von oben nach unten zu. Wie eine Aufforderung zu gehen.

»Da ist noch eine Sache.« Zoltáns Mutter war entschlossen, sich nicht abspeisen zu lassen.

Der Polizist hielt inne, blickte auf, löste den untersten Knopf seiner Jacke wieder.

»Mein Sohn war vor kurzem in einen Diebstahl verwickelt.« Sie schluckte, dann schüttelte sie den Kopf. »Das heißt, er war unschuldig, aber irgendwer hatte einen Fernseher geklaut.«

»Die Zigeuner?«

»Nein, die waren auch unschuldig. Es war auch nicht das richtige Gerät. Nicht das, das geklaut wurde. Aber …«

»Also langsam. Moment.« Der Polizist streckte den Rücken durch. »Wovon reden wir jetzt?«

Zoltán sah, wie die Hände seiner Mutter die Stuhllehnen umklammerten, hörte, wie das ausgebleichte Plastik knirschte. »Also, mein Sohn hatte mit alldem nichts zu tun, glaube ich. Aber der Fernseher, den er hatte, nicht der geklaute, den Ihre Kollegen gesucht haben. Der andere Fernseher …«, sie suchte nach Worten. »Ich weiß nicht, wo mein Sohn ihn herhatte, aber er kann ihn nicht gekauft haben. Sehen Sie, wir sind allein, mein Mann …«

Zoltáns Magen zog sich zusammen. Er schaute weg von seiner Mutter, zur Garderobe, auf die Waffe des Polizisten, das glänzende Halfter. Auch ohne seine Mutter anzusehen, wusste Zoltán, dass ihre Augen feucht waren.

»Gute Frau …«

»Verzeihen Sie.« Sie griff in ihre Manteltaschen.

Der Polizist reichte eine weiße Serviette über den Schreibtisch.

Zoltáns Mutter faltete sie auf und schneuzte sich. Eine Papierserviette von Burger King. Seine Mutter tupfte vorsichtig mit einem Zipfel um ihre Augenwinkel. Ihre Vorsicht war überflüssig, denn die Tusche war längst verlaufen. »Auf die schiefe Bahn ...«, sie schnäuzte sich noch einmal, »dass der Junge auf die schiefe Bahn kommt, das ist doch meine ganze Sorge.«

»Warten Sie ab.« Die mütterlichen Tränen hatten die Stimme des Polizisten leicht aufgeweicht. »Warten Sie in Ruhe. Wenn er nicht wiederkommt, kommen Sie wieder zu mir.«

Zoltáns Mutter steckte die durchweichte Serviette weg und nickte dankbar.

Die Brauen des Polizisten zogen sich kurz zusammen, er blinzelte. »Ich schaue mir zwischendurch noch einmal diese Sache mit dem Fernseher an.«

Zoltán sah, dass er log. Im Fernsehen hatten Psychologen vom CIA einmal gezeigt, wie sich Lügen im Gesicht ausdrücken. Zum Beweis zeigten sie Reden von früheren Präsidenten. Alle zogen sie, bevor sie logen, die Brauen hoch oder blinzelten. ›Ich erkläre, ich habe von dem Einsatz dieser Waffen nichts gewusst‹ – die Brauen. ›Ich hatte mit Frau Lewinsky keinen Geschlechtsverkehr‹ – geblinzelt. Wobei es Zoltán völlig korrekt schien, die Praktikantinnen zu vögeln, anstatt andere Länder mit Krieg zu überziehen. Eine verlogene Welt.

Seine Augen hatten auch den Polizisten verraten. Er stand auf und reichte Zoltáns Mutter zur Verabschiedung die Hand.

Sie schüttelte sie lange. Es schien, als wolle sie ihm glauben. Neun von zehn kommen zurück. Das klang wenigstens wie eine Wahrheit, eine saubere Statistik.

Als sie aus dem Büro traten, wurde der Mann mit der Säufernase gerade geweckt. Eine junge Frau, vielleicht seine Tochter, war gekommen, um ihn abzuholen.

Im Bus, auf der Heimfahrt, schwiegen sie. Zoltáns Mutter schaute in den Taschenspiegel, wischte die dunkle Spur der Tränen von ihren Wangen und vergrub ihren Blick mit dem Spiegel in ihrer Handtasche.

Draußen dunkelte es bereits. Die alten Straßenlaternen nahmen den hoffnungslosen Wettstreit mit den Neonlichtreklamen auf.

Zoltán lehnte seine Stirn an das vibrierende Fenster. Wenn der Busfahrer schaltete, zog das Vibrieren als Kitzeln bis ins Rückgrat. Die Scheibe beschlug kreisrund von seinem Atem. Zoltán malte ein Herz und ein *M* in den Dunst und wischte es weg. Egal wo Peti jetzt war, vielleicht war auch Mária bei ihm. Vielleicht beschützten sie einander, sprachen von ihm, von Zoltán, und beschlossen, ihn bald nachzuholen …

Zoltán blickte verschämt zu seiner Mutter. Sie war eingeschlafen, das Kinn auf ihrer Brust, ihre Hände um die Handtasche, ihr warmer Oberkörper lehnte gegen seine Schulter. Er beugte sich zu ihr und küsste sanft ihre Schläfe. Die Haut duftete süß dort, nach Schweiß und Orangenseife. Wäre sie wach gewesen, Zoltán hätte sie nie geküsst.

Der Bus hielt an. Die Hydrauliktüren seufzten. Am Wohnblock war Endstation, hier fuhr der Bus nur noch über den Wendehammer.

Zoltáns Blick fiel auf den Glascontainer vom Supermarkt. Ein nächtlicher Sprayer hatte mit Schablone und Goldlack zugeschlagen. *Ihr habt Betonkinder in die Welt gesetzt. Und jetzt wundert ihr euch, dass sie mit Steinen spielen!* Darunter war das Bild eines vermummten Mädchens gesprayt, das einen Pflasterstein warf. Alles golden auf rostigem Untergrund. Es war gekonnt gemacht und hätte Peti bestimmt gefallen.

Zoltán folgte seiner Mutter. Sie gingen über den Hof. Auf ihrer Hausseite, im Halbdunkel, stand ein Umzugswagen. Möbel und Kisten wurden ausgeladen, türmten sich im Staub. Alle Alten aus dem Block hingen im Fenster und glotzten.

Seine Mutter schloss auf.

Zwei Hintertüren weiter, im hellen Licht einer nackten Glühbirne, lehnte ein Mädchen. Sie schaute Zoltán ruhig und neugierig an. Sie war älter als er, um die sechzehn vielleicht.

Zoltán nickte ihr zu. »Hallo.«

Um die Lippen des Mädchens zog ein Lächeln. Sie senkte kurz den Kopf, und ein Wust von lockigem Haar wellte von den Schultern. Sie pustete die Strähnen weg, klemmte die Haare mit einer Hand zurück hinter die Ohren. Im grellen Licht der Glühbirne schien das lockige Chaos, das ihren Kopf umgab, knallrot, fast orange zu sein. »Ahoi.« Sie hob lässig die Hand.

Zoltán schaute auf ihre blasse Hand und dann zurück auf ihre Lippen. Sie hatte aufgehört zu lächeln und sah ihn unverwandt an. Sein Magen zog sich zusammen: Sie war so schön, ihm wurde schlecht.

»Aranka! Wo bleibst du?«

Das Mädchen wandte sich zum Umzugswagen.

»Was stehst du da? Bring eine Schere oder ein Messer!«

Sie sah Zoltán noch einmal an. Sie mussten beide grinsen.

»Aranka!«

Sie verdrehte die Augen und verschwand durch die offene Hintertür.

Auch Zoltán ging hinein. Seine Mutter hatte Wasser für Kartoffeln aufgesetzt. Zoltán spähte, bevor er die Tür schloss, noch einmal hinaus. Das Mädchen lief mit einer Schere zum LKW, wo ein Mann mit Overall und breiten Schultern eines Möbelpackers und eine zappelige, sehr dünne Frau einen Teppich ausluden.

Zoltán hängte seine Jacke an den Haken neben der Küchentür. Die Ärmel rochen nach der überheizten Luft des Polizeireviers.

Die Königin ließ eine dicke Kartoffel in den Topf und die Schale daneben ins Waschbecken fallen. Sie trug den Mantel noch, stand am Herd wie an der Haltestelle. Ihre Handtasche lag auf dem Stuhl am Kopf des Küchentischs, auf Petis Platz.

Dienstag, 10. 10., abends

Morgen ist Umzug. Unten ist schon alles in Kartons. Ich habe beim Packen mein altes Tagebuchheft gefunden. Auf den Tag genau vor einem halben Jahr habe ich das letzte Mal reingeschrieben.

Was ist passiert seitdem? Zu wenig. Zu viel. Es war Sommer. Ich bin 17 geworden. V hat mir geschrieben, eine Glückwunschkarte und ein Geschenkgutschein für Bücher. Genau zwei Tage vor meinem Geburtstag war Bob Dylan in Budapest. Ich habe ein Foto vom Konzert in der Zeitung gesehen (dort stand auch, dass alle Karten schon am ersten Tag verkauft waren). Ich habe im Internet die Liste angeschaut, was er gespielt hat. Er hat ›Girl of the Northcountry‹ gespielt. Ich bin sicher, ich hätte geheult im Konzert, das Gefühl gehabt, dass er's für mich spielt. ›See for me if her hair is hanging long, if it rolls and flows all down her breast; see for me if her hair is hanging long, that's the way I remember her best.‹
Die besten Songs handeln immer davon, dass etwas kaputtging.
Wenn so das Leben ist, dann ist es unfair.
Wenn so die Liebe ist, ~~dann will ich nicht~~ dann will ich die Ausnahme.
›When the snowflakes storm, when the rivers freeze, when summer ends, see for me if she's wearing a coat so warm, to keep her from the howling winds.‹
Mein Haar ist wieder lang. Ich glaub, so lang hatte ich es noch nie. Länger als die Zöpfe auf dem Kommunionsfoto. Ich weiß noch, dass M mir an dem Tag die Zöpfe geflochten hat und V seine neue Kamera hatte. Ich halte stolz meinen kleinen Blumenkranz. Früher stand das Foto immer auf seinem Schreibtisch. Ich würde gern wissen, wo es

heute steht. Ich war so glücklich an dem Tag. Einen Tag lang waren alle nett zu mir. Für einen Tag in meinem weißen Kleidchen war ich nicht der rote Teufel, die schlechte Schülerin, das verzogene Nachbarskind.

~~~~

Seit den Sommerferien schwänze ich Schule. Keiner beschwert sich, alle denken wahrscheinlich, wir wären schon weggezogen.

~~~~

Ich habe angefangen zu rauchen. Die Guten-Morgen-Zigarette ist der beste Moment vom Tag. Ich kümmere mich um M, koche, putze, gehe einkaufen. Ich lege ihr morgens die Tabletten zurecht und bediene die Heimdialyse. Seit letzter Woche wechsle ich auch Wasser und Filter selbst aus. M sagt, ich gehe mit ihren Venen sanfter um als jede Krankenschwester. Ich hoffe jedes Mal, dass sie nicht merkt, wie es mich ekelt. Die neue Krankenpflegerin kommt nur noch einmal die Woche. Für zwei Minuten. Sie misst Ms Puls, dann ist sie wieder weg. Sie ist eine echte Schlampe, ich bin sicher, dass sie den schwarzen String mit Absicht trägt, auch den Push-up, alles schön in dunklen Farben, damit man's sieht durch die weiße Schwesterntracht. Ihren breiten Prachtarsch.
Gestern habe ich die alten Zeitschriften aus dem Keller geräumt. Zwischen den Campingprospekten und der Angler-Zeitung lagen Pornos. Ich habe zwei davon unter dem Lichtschacht im Wäschekeller durchgeblättert. Eins war eine Sondernummer, in der nur Mädchen mit roten Haaren waren. Wenn ich mir vorstelle, dass V sie sich gekauft hat ~ alle Mädchen sind zwischen den Beinen rasiert ~ wie Kinder. Ich schau aufs Cover, die Zeitschrift ist vom August 94 ~ ich habe gerechnet ~ ich war da sechs ~ mir war zum Kotzen.
Ich habe alles ins alte Ölfass im Garten geworfen, den Stapel Angler-Zeitungen obendrauf.

Herr Kovács sah mich und kam einfach durchs Gartentor. Früher hat er vorher an den Pfahl geklopft ~ er lässt uns spüren, dass nun alles ihm gehört.
Ich stopfe die Zeitschriften in die Tonne, er tritt hinter mich und legt die Hand auf meine nackte Schulter. »Das wird ein Abschiedsfeuer heute Abend, was!?« Seine Hand rutscht schwitzig in meinen Nacken. Ich schlage sie weg. Er wedelt lehrerhaft mit seinem Zeigefinger. »Na, na, nicht so aggressiv, junge Frau.« Er lächelt, verzeiht mir. Ich habe Lust, ihm einfach in die Eier zu treten. »Sag deiner Mutter, ich habe morgen frei genommen.« Er wird beim Umzug helfen, kontrollieren, ob wir auch alles richtig machen.
Ich lasse ihn stehen, gehe ins Haus zurück, in unsere Küche ohne Kühlschrank, und stelle mir vor, wie andere Töchter in so Momenten zu ihren Vätern gehen.

~~~~

Ich muss jetzt weiter packen, die restlichen Kartons nach unten bringen.

Wir ziehen erst einmal in eine Mietwohnung. Sie ist billig, M hat sie gefunden durch eine Anzeige. Zwei Zimmer, Küche, Bad. Es soll ein Mehrfamilienhaus sein, am Rand von Pest. Ich hoffe, das Haus ist nicht so groß und mein Zimmer schaut irgendwie ins Grüne. Ich habe im Internet auf einen Stadtplan geguckt. Es war nicht viel zu erkennen, aber in der Nähe verläuft eine blaue Linie, ein kleiner Fluss. Auch die Straßennamen klingen schön.

~~~~

Morgen um acht kommt schon der LKW.

Am nächsten Nachmittag klopfte es dreimal kurz an die Hintertür. Zoltán zögerte. Es klopfte wieder, etwas lauter, wieder dreimal kurz hintereinander. Es war, als klopfte jemand von innen an Zoltáns Brustkorb. Er dachte gleich an das Mädchen, schaute schnell in den Spiegel bei der Garderobe, strich die Haare in Ordnung und ein paar Chipskrümel von seinem Pulli. Dann atmete er durch, schob das Fliegengitter zur Seite und öffnete.

Árpi grinste von einem Ohr zum anderen. »Schon gesehen?«

Enttäuscht lehnte sich Zoltán an den Türrahmen. »Gesehen – was?«

Árpi verdrehte die Augen, dass nur das Weiße darin zu sehen war. Sein Gesicht wie das eines Mediums, durch Zoltáns Ahnungslosigkeit in Trance versetzt. Árpis Pupillen rutschten zurück, sahen Zoltán verschwommen an. »Also noch nicht gesehen, was?«

Zoltán bemühte sich, kühl mit den Schultern zu zucken. »Gibt's was, Árpi?«

Árpis Gesicht, sein Ich-bin-der-Überbringer-der-frohen-Botschaft-Ausdruck bekam etwas Beleidigtes. »Kannst sagen, wenn ich störe.«

»Sorry, schon gut.« Zoltán trat ein Stück zur Seite. »Komm rein.« Man wusste nie, was Árpi wusste. Wenn er so grinste, konnte es um Mädchen gehen.

Zoltán schloss hinter ihm die Tür. Árpi setzte sich. Zoltán sah ihn an, und plötzlich fühlte er sich wie beraubt: Wenn schon Árpi von Aranka wusste, wussten es alle.

Árpi war, bevor er sitzenblieb, in Zoltáns Klasse gewesen. Er hatte allein hinten rechts gesessen. Er war – wie sollte man es sagen –

Árpi war nicht unbedingt der beliebteste Typ. Und um dies auszugleichen, handelte Árpi mit Informationen. Die neuesten Fußballergebnisse – Árpi wusste sie. Wer im Wohnblock gerade mit wem oder gegen wen – Árpi führte Listen. Wessen Eltern sich scheiden ließen, welcher Nachbar mehr als die anderen soff oder abends im Suff seine Frau windelweich schlug – Árpi war stets auf dem neuesten Stand. Spezialisiert dabei auf die Informationen, die am höchsten gehandelt wurden: Mädchen und Eröffnung. Zum Komplex der Mädchen gehörte: wer mit wem ging, wer sich gerade getrennt oder wer wo Chancen hatte. Auch die Körbchengröße und ob ein Mädchen die Pille nahm, war bei Árpi zu erfahren. Zum Komplex der Eröffnungen gehörten auch die Discountwochen, Jubiläen und Ausverkäufe. Ein neuer Supermarkt, ein neues Autohaus, ein neuer Drive-in, wo es zum Auftakt etwas umsonst gab: Fähnchen, Würstchen oder Luftballons, Erfrischungsgetränke oder 50 Prozent auf alles. Dabei verhökerte Árpi sein Wissen planlos, an jeden, der es hören wollte. Árpi verlangte nichts dafür, außer Nähe und Zeit. Er war einsam, ein Einzelkind, der Vater auf Montage, die Mutter meist wie alle Mütter putzen. Und vielleicht, dachte Zoltán, war es auch kein Zufall, dass Árpi gerade bei ihm geklopft hatte. Da er seit einer Woche selbst so etwas wie ein Einzelkind war.

»Willst du was trinken?«

»Habt ihr Cola?«

»Pepsi.«

»Passt.« Árpis Arme vollführten einen spastischen Muskelkrampf, eine Breakdancebewegung, die an Michael Jackson erinnern sollte. »Ist genau meine Marke.«

Auf dem Tisch stand noch der kleine Kuchen mit dem *Z* und der *15* aus grünem Zuckerguss. Zwei schmale Stücke waren aus dem Rand geschnitten. »Hey, Geburtstag?«

Zoltán nickte. »Gestern.«

»Oh.« Árpi zückte ein abgegriffenes Notizbuch und trug das Datum ein. »Also, Glückwunsch, nachträglich!«

»Danke.«

Árpi steckte das Notizbuch weg. Zoltán stellte zwei Flaschen Pepsi auf den Tisch. Er setzte sich Árpi gegenüber. Sie stießen an.

»Kinderfickercola. Prost.«

»Prost.«

Sie tranken, aus ihren Mündern gluckerten Blasen in die Flaschen.

Árpi setzte als Erster ab. »Also, hast du sie noch nicht gesehen?«

Zoltán wischte sich den Mund. »Gesehen, wen?«

»Das Hammerteil.«

Zoltán nahm noch einen Schluck. »Meinst du Aranka?«

Árpi stutzte. »Heißt die so?«

»Aranka. Und nicht ›die‹ und nicht ›Hammerteil‹, klar?«

Árpi hob schützend die Hand. Er stieß wie zur Versöhnung noch einmal mit Zoltáns Pepsi an. »Sorry, wusste nicht, dass es 'ne Freundin von dir ist.«

Zoltán lehnte sich mit dem Küchenstuhl zurück. »Hör zu, Informationsminister, du weißt vieles, aber lang nicht alles.«

Árpi blickte verletzt und ungläubig. »Eh, wir reden auch über die Gleiche, oder? Ich mein den Engel mit den roten Locken. In 37.«

Zoltán nickte, und einen Moment lang tat es ihm leid, dass er so aufschnitt. Auch Árpi schien jenes drückende Gefühl zu verspüren, das schmerzte und gleichzeitig wunderschön war.

»Seit wann kennst du sie? Die sind doch gestern erst aus Szeged gekommen.«

Aus Szeged also, aus dem Süden des Landes.

»'ne Weile schon …«

»Das Geilste ist, ich kann sie sehen.« Árpi schüttelte mit einem seligen Grinsen den Kopf.

»Wie – ›sehen‹?«

Árpi nahm noch einen genießerischen Schluck von seiner Pepsi. Dann stellte er die Flasche ab und hob ein Fernglas aus Daumen und Zeigefingern vor die Augen. »Sehen, Mann. Hier. Optisch. Ihr Fenster. Von meinem Fenster aus. You got it? Wenn sie Licht anhat, bis zu den Knien. Dann kommt die Fensterbank. Und auch die Schultern, wenn sie auf dem Bett sitzt. Und sogar auch …« Árpi verstummte. Er ließ sein Fernglas sinken und suchte in Zoltáns Blick. »Ihr seid jetzt nicht verwandt oder so?«

»Entfernt.«

»Scheiße.«

»Ja.«

»Cool.« Árpi leerte die Flasche. »Kannst mich ja mal vorstellen.«

Es klopfte an der Hintertür.

Die Jungen sahen einander an.

Es klopfte noch einmal, eher leise. Zoltán stand auf, und nun spürte er, was die Redensart vom Herz, das in die Hose rutscht, meinte. Er ging zur Tür, wobei es sich so anfühlte, als ob ihm nicht nur das Herz, sondern auch andere Organe gleich mit in die Hose rutschten.

Das Fliegengitter knirschte. Zoltán öffnete.

Sie stand im Rahmen, in ihrer Hand eine Flasche Wein. »Ahoi. Ich hoffe, ich stör nicht. Habt ihr vielleicht einen Öffner?« Sie hielt die Flasche hoch, blies sich ein Haar aus dem Gesicht.

Zoltán spürte seine Wange kribbeln. »… Öffner, klar.«

Árpi rief von hinten. »Aranka, komm doch rein. Trink 'ne Pepsi mit.«

Das Mädchen zeigte Zoltán noch einmal die Flasche. »Ist nur, weil bei uns noch alles in Kartons ist. Die Küchensachen.«

Zoltán nickte. »Na klar, warte.«

Árpi sprang auf. »Komm doch rein, 'ne Minute. Ich bin Árpád. Für Zoltáns Freunde Árpi.« Er reichte Aranka die Hand.

»Árpi wollte gerade gehen.«

»Nee, nee, ich hab noch Zeit.« Árpi setzte sich schnell wieder.

Das Mädchen trat an den Tisch und schaute sich um. Ihr Blick blieb kurz auf dem Familienfoto über der Spüle hängen. Auf Zoltáns Vater und Peti in Badehosen.

Árpi griff nach seiner leeren Pepsiflasche, entschlossen, noch einen letzten Tropfen herauszuwringen. »Biete Aranka doch 'ne Pepsi an.«

»Magst du?«

Das Mädchen zuckte mit den Schultern, dann setzte es sich.

Árpi rückte ein Stück näher.

Sie rückte ein Stück zurück.

Sie schwiegen.

Zoltán holte noch zwei Flaschen Pepsi aus dem Kühlschrank, stellte eine auf seinen, eine auf Arankas Platz. Er ging zum Küchenschrank und suchte den Korkenzieher.

Árpi begann Konversation. »Also, von Szeged hierher?«

Das Mädchen nickte und schaute sich nach Zoltán um. Er hielt den Korkenzieher, den er gerade in der Phantasie in Árpis Schädel bohrte.

Sie reichte Zoltán die Flasche. »Machst du sie auf? Bei mir geht immer der Korken kaputt.«

Árpi nahm noch einmal Anlauf. »Ist ganz schön in Szeged, oder?«

»Hm.« Sie ritzte mit dem Fingernagel ein paar Linien ins Tischtuch, rund um den Boden ihrer Pepsiflasche. »War schon o.k. dort.«

Árpi lächelte. »Aber hier ist's auch gut, wirst du sehen. Ich meine, wo ihr hier Verwandtschaft habt.«

Zoltán rutschte mit dem Korkenzieher ab. Er warf Árpi einen Blick zu, doch Árpis Augen waren woanders. Zoltán setzte sich, klemmte die Flasche zwischen die Füße und drehte die spitze Metallspirale mit Kraft in den Flaschenhals. Der Korken knirschte.

»Unser Geburtstagskind hat mir schon alles erzählt …«

Das Mädchen nahm einen Schluck von seiner Pepsi. »Wer?«

Der Korken sprang mit einem schnalzenden Geräusch aus der Flasche.

»Hier, bitte.« Zoltán reichte ihr die Flasche zurück.

Das Mädchen rieb den Flaschenhals am Kleid, wischte die Krümel Korken ab. »Danke.«

Beide Jungen starrten auf das Kleid. Unter den Knöpfen aus Perlmutt hoben sich kleine runde Brüste. Die helle Haut an ihrem Hals und den Schultern war geschmückt mit blassen Sommersprossen. »Ich geh dann mal wieder.« Sie stand auf und öffnete die Tür. »Man sieht sich.« Und verschwand.

Zoltán spürte das Blut in seinen Kopf steigen, an die Schläfen klopfen.

Árpi las in Zoltáns Blick und stand vom Tisch auf. »Ich geh dann auch mal.«

»Wenn du das einem erzählst …«

Árpi grinste. »Du meinst, von deiner neuen Kusine?«

Zoltán holte aus. Árpi duckte sich. Zoltáns Hand mit dem Korkenzieher surrte knapp an Árpis Kopf vorbei. Mit einem flinken Satz war Árpi schon an der Tür. Er grinste noch einmal, gab seiner

Stimme etwas Mädchenhaftes. »Ahoi. Ich geh dann mal wieder. Man sieht sich.« Die Tür flog zu, das Fliegengitter schepperte.

Zoltán setzte sich. Eine Weile starrte er nur vor sich hin. Dann streckte er die Hand zum Stuhl aus, auf dem das Mädchen gesessen hatte.

Das Kissen fühlte sich noch warm an. Zoltán ließ seine Hand dort, bis von der Wärme nichts mehr zu spüren war. Er nahm Arankas Pepsiflasche. Ihre Lippen hatten bloß einen Schluck davon getrunken. Zoltán schloss die Augen, hob die Flasche an seinen Mund. Das Glas war kühl. Die Pepsi schmeckte nach Pepsi. Zoltán trank sie aus mit einem Zug, aber langsam. Langsam.

Dienstag, 7. 11., abends

Gerade habe ich die letzten drei Kartons ausgepackt. Ich setze Umzugskartons auf meine Liste-der-Dinge-ohne-die-ich-in-Zukunft-gut-leben-kann. Auf Platz 13, gleich hinter Schulsport, Kanülen und Spannern. Ich habe die Kartons auseinandergefaltet und in den Hof gestellt, neben die Müllcontainer. Keine Minute, und ein alter Mann kam und geierte darüber. Dann kamen gleich noch zwei andere Alte, eine Frau und ein Mann. Sie stritten, schrien sich an, bis schließlich jeder mit einem der Kartons abzog. Eine ganze Armee von Alten lauert den Tag über in den Fenstern. Auch der kleine Spanner von gegenüber war heute wieder auf seinem Posten. Er steht am Fenster und steckt sein Fernglas durch die Gardinen. Ich glaube, es ist Árpi, der Typ, der manchmal bei dem Jungen nebenan klopft.

Gestern Abend habe ich für Árpi eine extra Vorstellung gegeben. Ich habe das Licht angelassen und mich nah am Fenster ausgezogen ... dann aber musste ich mir vorstellen, wie er seinen Zwergpimmel dabei schüttelt, und mir wurde anders ...

Ich will mir Rollos kaufen, bei IKEA gibt es jetzt blaue aus Metall. Gleichzeitig habe ich gar keine Lust, mich hier schön einzurichten. Irgendwie hoffe ich immer noch, dass wir bald wieder ein eignes Haus haben.

~~~~

Gestern haben M und ich uns gestritten, übers Internat. Sie sagt, es ist zu teuer. Ich weiß nicht, ob sie das Geld für eine weitere Operation will. Sie erzählt mir nichts, und wenn, dann nur, um über V zu schimpfen. Er hat angeblich die Krankenkasse für uns beide gekündigt. Ich weiß nicht, ob ich ihr glaube. Manchmal glaube ich, sie will mir Druck machen, schlechtes Gewissen, wegen der Nierenspende.
~~~~

Ich weiß, dass sie gestern Mittag in Pest auf der Bank war. Sie hat ein neues ec-Konto, ich habe im Portemonnaie die Karte gesehen. Sie versteckt die Kontoauszüge. Wenn das Geld vom Haus schon drauf ist, warum müssen wir dann in dem beschissenen Slum hier leben?

~~~~

Vorhin habe ich sie überrascht, sie saß am Küchentisch, hielt ihr Päckchen Zigaretten in der Hand und wurde rot. Ich glaube, sie war dabei, sie durchzuzählen.
Ab morgen kaufe ich mir eigene.

~~~~

Wie es aussieht, habe ich wenigstens einen echten Verehrer hier (von dem Spanner gegenüber abgesehen). Der Junge zwei Türen weiter, er heißt Zoltán. Keine Ahnung, wie alt er ist ~ zu jung ~ vielleicht 15 ~ trotzdem nett ~ hat breite Schultern, durchtrainiert ~ ist sonst gar nicht der Sporttyp ~ seine Augen haben etwas Trauriges, Nachdenkliches, das ich

M ruft

Im November fiel der erste Schnee, viel zu früh, und blieb natürlich nicht liegen. Die Straße hinter dem Wohnblock verwandelte sich an einem Morgen in zwei tiefe Matschfurchen. Die Autos frästen sich hindurch. Die Fußgänger machten große Schritte, Sprünge, als überquerten sie einen Bach. Eine Postkarte aus Wien war gekommen, von Peti. *Macht Euch keine Sorgen*, sonst kein Wort. Die Karte zeigte am Computer gezeichnete Blumen und war eine Free Card.

In diesen Tagen bedeckte dichter Nebel Kanal und Ufer. Die Schwaden krochen in der Nacht an den Wohnblock heran, um sich am Morgen wieder zurückzuziehen. Durch den Kanal floss rotes Wasser, wie immer um die Zeit vor Weihnachten. Die Fabrik produzierte auf Hochtouren Geschenkpapier.

In der Wohnung 37 war nie Licht zu sehen. Eine Zeitlang hatte an der Tür ein blauer Zettel geflattert, von der Hausverwaltung, wegen Ablesung der Stromzähler. Árpi behauptete, die Familie sei noch einmal für ein paar Wochen nach Szeged zurückgekehrt. Eine Verwandte liege dort im Sterben. Aber Zoltán war sich sicher, das Mädchen zwischendurch gesehen zu haben. An der Bushaltestelle vor dem Supermarkt. Er war aus- und sie war eingestiegen. Es ging sehr schnell, doch Zoltán hatte sie erkannt. Auch hatte jemand in der Zwischenzeit den Briefkasten I/37 geleert, aus dem davor noch Werbung gequollen war.

Zoltán schaute nun jeden Tag nach Post.

Ende November kam eine zweite Postkarte, diesmal aus Deutschland. *Liebe Mutti, mach Dir keine Sorgen. Ich habe Arbeit. Ich schicke Euch Geld. Du wirst stolz auf mich sein. Grüße an Zoli.*

Dein Sohn P. Der Poststempel war nicht zu entziffern, aber die Karte zeigte zwei Bilder von Frankfurt am Main, links schwarzweiß, rechts bunt, links vor, rechts nach dem Krieg. Dieselbe Stadt, zwei verschiedene Städte. Zoltán stellte sich seinen Bruder im rechten Bild, in einem der silberblauen Wolkenkratzer vor. Nur was Peti dort arbeiten würde, konnte Zoltán sich nicht vorstellen … aber wenigstens war es keine Free Card mehr.

Beide Postkarten standen auf dem Bord über der Spüle, zwischen dem Hochzeitsbild ihrer Eltern und den zwei Bildern vom Urlaub am Balaton. Einmal Peti und Zoltán, braungebrannt, sie trugen Handtücher um die Hüften, Peti hatte bereits Muskeln, Zoltán noch den Schmerbauch eines kleinen Jungen. Ihr Vater hatte damals die Kamera neu. Er fotografierte ständig und war dadurch selbst auf keinem der Fotos zu sehen. Das andere Foto war die einzige Ausnahme, ihr ›Familienbild‹. Es war leicht unscharf, Zoltán hatte es geknipst, ihr Vater und Peti in Badehosen. Sie präsentierten stolz einen Fisch, den sie gefangen hatten. Von Zoltáns Mutter sah man nur den Arm.

Mittlerweile waren die Kanten der Fotos schäbig und eingeknickt.

Mittlerweile hatte auch Zoltán vom Schwimmen gute Muskeln bekommen.

Und mittlerweile, letzten Monat, am 30.10., war Peti achtzehn geworden. Zoltáns Mutter hatte an dem Tag kaum ein Wort gesprochen. Auf dem Küchentisch hatten drei Kerzen gebrannt, und das Essen, glaubte Zoltán, hatte besonders gut geschmeckt. Zur Nachspeise hatte es süßes Kastanienpüree gegeben, mit Sahne, Petis Leibgericht.

So oft es ging, trieb sich Zoltán nun nach der Schule im Hof herum. Er schraubte an seinem Fahrrad, trotz des beschissenen

Wetters. Durch die Speichen ließ er Arankas Hintertür nicht aus dem Auge. Árpis Informationen nach war die Familie zurück: Sie hätten geerbt und würden bald ein eigenes Haus bauen. Doch die Tür mit der Nummer 37 blieb wie zugenagelt, der Engel mit den roten Locken flog nicht mehr aus.

Dafür kamen die Krähen. Schwarz und bedrückend wie eine Beerdigungsgesellschaft. Die großen Vögel landeten dicht an dicht auf den Strommasten, sammelten sich auf den kaputten Laternen und bei den Büschen am Ufer. Ihre Schnäbel fledderten den Müll, den matschigen Boden. Ihr heiseres Rufen klang in den Hof, durchschnitt die kalte Luft, wie ein Bellen oder hartes Holz, das aufeinanderschlug.

Zoltán löste das Hinterrad und spannte die Kette. Er verfluchte Árpi, der angeblich von seinem Fenster den Ausblick auf das Mädchen genoss. Hier vom Hof aus war nicht mehr als die Zimmerdecke und die Oberkante eines weißen Kleiderschranks zu sehen. Schwer zu sagen, wie viel Árpi wirklich sah. Immerhin hatte ihr Fenster seit gestern blaue Metallrollos.

Es begann zu dämmern, das Licht wurde grau. Die Krähen verstummten. Ein kalter Wind rollte kugelige Wolken über den Himmel.

Zoltán legte den 15er-Schlüssel aus der Hand. Er hatte seine Fahrradkette nun vier Tage hintereinander geölt und gespannt. Dabei kamen ihm seine Gefühle ebenso verschmiert vor wie seine Finger, seine Gedanken ebenso schmutzig. Wenn er im Bett lag und sich streichelte, war ihm das steife Ding zwischen den Beinen fremd. Es kitzelte, und das Kitzeln war gut, gehörte irgendwie auch zum Rest seines Körpers. Das zuckende Ding aber, das er mit Spucke einrieb, war irgendwie außerirdisch. Es war leichter, sich schleimige Aliens und das Leben in entfernten Galaxien vorzustellen, als dass ein Mädchen, geschweige Aranka, dieses Ding gern in die Hand nähme. Von Blowjob und Doggy Style ganz zu schweigen.

Zoltán schob sein Fahrrad zum Kellergeländer. Die Kette knirschte, sie war zu fest gespannt, wahrscheinlich würde sie beim nächsten Fahren reißen. Zoltán sammelte das Werkzeug ein, schaute ein letztes Mal zu ihrem Fenster und trug das Rad und den Werkzeugkasten hinab in den Keller. Es war bald Abend, und Zoltán kam der Gedanke, bei Árpi zu klingeln. Mit eigenen Augen zu sehen, was durch die halb geschlossenen Rollos noch zu sehen war. Irgendein Vorwand würde ihm schon einfallen.

Zoltán fror und entschied sich für den Weg unter der Erde.

Die vier Wohnblöcke waren durch die Keller verbunden, denn von jedem führte ein Gang in die gemeinsame Waschküche. Ein Raum so groß wie ein Klassenzimmer, in dem sich rund um die Uhr die Trommeln von vierzig Maschinen drehten. Jedes Stockwerk hatte im Grunde seine eigene Waschmaschine, nur waren einige kaputt, an anderen waren die Kürzel von Block und Stockwerk abgekratzt. So kam es dauernd zu Streit um die funktionierenden Maschinen.

Der Waschraum, der keine Fenster, nicht einmal einen Lichtschacht hatte, war eine Welt für sich. Nur eine Tür führte hinein, und einen Notausgang gab es, der verriegelt und mit einer Alarmglocke verbunden war. Alles ordentlich von einer leichten Schicht Rost überzogen. Der Riegel am Notausgang war nicht mehr zu öffnen. Im Waschraum herrschte tropisches Klima, das selbst die Türklinken rosten ließ. Die Lufttemperatur war die eines Buntwaschgangs, 40 Grad zu jeder Jahreszeit, und die Luftfeuchtigkeit die eines türkischen Dampfbads. Der Geruch war der von nassen Socken.

Die verwinkelten Gänge zwischen den Blöcken glichen Bunkern, modernen Katakomben. An den niedrigen Decken nackte, stumme oder surrende Neonröhren. Aus den stummen Röhren strömte Dunkelheit, aus den surrenden ein flackerndes weißes Licht.

Die Gänge hallten und warfen Echos. Wenn Zoltán mit harten Schuhsohlen durch die Betonschächte rannte, schwoll das Echo in seinem Rücken an, wurde Schritt für Schritt lauter und jagte ihn. Doch das Gespenstischste war, wenn ihn von irgendwoher – denn von wo, war im Keller nie zu hören – das Echo anderer Schritte traf.

Zoltán kettete das Fahrrad im Vorkeller an und schloss das Werkzeug in den Blechschrank mit der Nummer 35. Auf das zerkratzte Türblech hatte Peti vor Jahren mit Filzer ein Porträt seines kleinen Bruders gemalt. Als Zoltán sich beschwerte, über die Vampirzähne und die Knollennase, hatte Peti in Druckschrift darunter gekrickelt: *Aber Aussehen ist nicht alles!* Sooft Zoltán ihn auch verwünscht hatte, er vermisste Peti, und das Vermissen hing ihm zäh irgendwo unterhalb des Brustkastens. Ein Gefühl wie die Erinnerung an einen Faustschlag. Oder auch, als hätte Zoltán einen Klumpen Knete verschluckt. Nur wenn er rannte und beim Schwimmen verschwand das Gefühl.

Zoltán lief los, gejagt vom Echo seiner Schritte.

Die Hausnummern und Richtungspfeile an den Kellerwänden waren abgeschabt. Zum Teil aus Versehen, mit vollen Wäschekörben, zum Teil aus Absicht. Von der Decke tropfte Schwitzwasser und versickerte im rissigen Beton des Bodens. Die feuchten Wände glichen stellenweise schlechten Comics, perversen Höhlenmalereien. Für jedes gekritzelte Geschlechtsteil, jedes ›Fotze‹, ›Scheiße‹, ›Arschloch‹ zehn Forint – und du wärst reich. Die Rechtschreibversionen mancher Sprachkünstler, wie ›Votse‹ und ›Schwans‹, gar nicht mitgezählt.

Zoltán bog zweimal nach links. Wer hier unten den Weg nicht wusste, kam irgendwo raus, und da die Wohnblöcke identisch waren, verirrten sich manchmal sogar die langjährigen Bewohner. Nur die Farbe der Haupteingänge und Briefkästen unterschied sich und gab den Blocks ihre Namen. Zoltán wohnte Blau I/35, also Parterre. Árpi wohnte Grün II/11, also im Block gegenüber, im zweiten Stock, Wohneinheit 11.

In die Trommelwirbel seiner Schritte mischte sich ein dumpfes Wummern. Es wurde lauter, je näher Zoltán dem Waschkeller kam. Dort rotierten die Trommeln. Zoltán rannte daran vorbei, der Gang wurde dunkler, unter Block Grün hatten viele Neonröhren kapituliert.

Zoltán spurtete die Treppen hoch, statt den Aufzug zu nehmen. Selbst die Türen der quietschenden Aufzüge rosteten. Die feuchte Wärme aus dem Waschkeller kroch jeden Weg ins Freie, auch durch die Aufzugsschächte. Aus den Schaltkästen der Aufzüge waren die Tasten zum Teil herausgebrochen. Bis auf die Enden waren die Kabel mit Isolierband umwickelt. Wer in ein Stockwerk wollte, für das die Taste fehlte, hielt kurz die Enden aneinander. Und wer irgendwie noch gut zu Fuß war, nahm sowieso die Treppe.

Der Flur im zweiten Stock roch nach gebratenen Zwiebeln. Zoltán klopfte und merkte, wie sein Magen knurrte. Er hatte seit dem Frühstück noch nichts gegessen. Durch die Türen drang der Ton verschiedener Fernsehprogramme. In Grün II kannte Zoltán bis auf Árpi und seine Mutter keinen.

Zoltán klopfte noch einmal, und etwas rührte sich hinter der Tür.

Árpis erstauntes Gesicht erschien im Türspalt. »Zoli?«

»Hi, ich dachte, ich schau mal vorbei.«

Árpi steckte den Kopf hinaus, spähte nach rechts und links wie in einem Agentenfilm. Er bat Zoltán mit einer hektischen Bewegung herein. »Hast du schon gehört?«

Zoltán bereute, dass er geklopft hatte. Zu allem Überfluss bat ihn Árpi in die Küche, deren schmales Eckfenster auf die Mülltonnen schaute.

»Setz dich, willst du 'ne Pepsi? Also, hast du schon gehört?«

»Glas Wasser vielleicht.« Zoltán merkte, dass er ebenfalls, von Árpi angesteckt, flüsterte. Am Kühlschrank hing mit Magneten ein Familienfoto. Die kleinen Magnete hatten die Form von Autoreifen und einen kreisrunden Aufdruck: *DRIVE – die Waschanlage Ihrer Wahl.* Das bunte Foto zeigte Árpis Vater, seine Mutter und ihn in Elchkostümen, im Hintergrund eine Tapete mit Fjord. Die Eröffnung bei IKEA.

Árpi zapfte ein Glas Leitungswasser und reichte es Zoltán. »Also, noch nichts gehört, was?«

»Nee, was denn?«

»Der Vergewaltiger hat wieder zugeschlagen.«

Das Leitungswasser war trübe, gelblich, voller Schwebeteilchen.

»Vergewaltiger?«

»Wahrscheinlich der, der schon vorher ein paar Mädchen am Rosenhügel …«

Am Rosenhügel, der grüne Aushang bei der Polizei, Zoltán erinnerte sich.

»Wurde ihm wahrscheinlich zu heiß dort, zu viel Adel, zu viel Bullen.« ›Adel‹ war Wohnblockslang, ein Schimpfwort für Leute, die in Einfamilienhäusern wohnten.

»Und wo …« Zoltán suchte nach dem richtigen Wort. ›Wo vergewaltigt der jetzt?‹ klang bescheuert. ›Wo hat er diesmal zugeschlagen?‹ klang zu sehr nach Árpis Agentenfilm. »Wo war der jetzt?«

Árpi schenkte sich Pepsi ein. »Mann, du kriegst nichts mehr mit, Bruder, oder? Hier im Block. Am Sonntag. Abends, gegen neun.«

»Am Sonntag?«

»Ja, Mann, und zwar immer am letzten Sonntag im Monat. Deswegen glauben die auch, dass es immer derselbe Täter ist. Der betäubt die Mädchen mit irgendwas. Chlorophyll oder so. Die wissen nur, dass der zwischen dreißig und vierzig ist, nicht groß, nicht klein, und ganz normal aussieht.«

»Wo im Block?«

»Hier, hinter Rot.« Árpi stieß mit seiner Pepsi an Zoltáns Glas. »Kinderfickercola. Prost.« Er nahm einen Schluck, der ihm vor Aufregung danebenlief. »Du kennst sie vielleicht. Ilonka.« Árpi wischte sich das Kinn ab. »Ist so ’ne Kleine, Braunhaarige.« Er stellte die Flasche ab, drückte die Hände flach an seine Brust. Jene Ilonka war demnach wohl ein Mädchen mit kleinen Brüsten. »Ist nicht gerade der Bringer, ich versteh nicht, warum … ist auch egal. Das muss irgend so ein kranker Freak sein.«

»Ilonka …« Zoltán hob die Schultern.

»Die wohnen unter Béla. Du kennst die, neunte Klasse. Ist jetzt aber noch im Krankenhaus. Ist wohl ganz schön durch den Wind …«

Zoltán nickte, nahm einen Schluck von dem trüben Wasser. So musste Katzenpisse schmecken. Zoltán hatte nicht daran gedacht, dass in Block Grün die Leitungen bekanntlich schlecht waren. In jedem Block hatte die Baufirma an etwas anderem gespart und gebrauchtes Material verwendet. In Block Blau waren es die Fenster.

Árpi rückte nervös auf seinem Stuhl hin und her. »Und, Bruder, was läuft sonst so? Gibt’s was Neues von Peti?«

Zoltán nickte. »Er hat 'nen Job jetzt. Bei Mercedes, in Frankfurt. Verdient 'nen Haufen Kohle.«

»Cool, Mann.«

»Vielleicht holt er uns nach. Nächstes Jahr.«

»Nach Germany … Dann grüß mir den Westen, Bruder.« Árpi verbeugte sich und küsste den Küchentisch wie der Papst die Landepisten. »Der Westen, da geht die Sonne auf.«

Zoltán nickte. »Du hast da was an der Nase, Árpi.«

Árpi strich sich mit dem Ärmel die Krümel aus dem Gesicht. »Ist noch vom Frühstück. Brötchen. Hast du eigentlich Hunger?«

Zoltán schüttelte den Kopf. Ihm fiel ein, wer sie war. Ilonka. Sie gehörte zu denen, die noch wie kleine Mädchen aussahen. Die braunen Haare zum Zopf. Sie saß im Bus immer ganz vorne, gleich hinter dem Fahrer.

»Mercedes«, Árpi nahm noch einen Schluck von seiner Pepsi, »das ist tittencool, Mann. War doch klar, dass dein Bruder das schafft.«

Zoltán sammelte etwas Spucke, um den trüben Geschmack in seinem Mund zu verdünnen. »Klar.«

»Manche sagen, dass er Aids hat …«

»Peti? Spinnst du!?« Zoltán knallte das Glas auf den Tisch. Das Wasser schwappte über die Plastikdecke.

Árpi rückte mit dem Stuhl zurück. »Hey, Alter, komm runter … Der Vergewaltiger. Nicht Peti. Ist doch kein Freak, dein Bruder … Das mit dem Aids ist so'n Gerücht.«

»So'n Gerücht …« *Peti fickt Hundefresser.* »Weißt du was? Ihr labert alle Scheiße!« Zoltán stand auf. »Den ganzen Tag lang!«

»Hey, calm down, Zoli.« Árpi schaute verletzt. »Komm, ich zeig dir was Heißes, Bruder.« Er sprang auf und verschwand in Richtung seines Zimmers. »Warte hier.« Nach kurzer Zeit kam er zurück, mit einem Stapel Zeitschriften.

Zoltán setzte sich wieder.

Árpi zeigte ihm eine Sondernummer. Alle Mädchen hatten rote Haare.

Finden

I gaze into the doorway of temptation's angry flame
And every time I pass that way I always hear my name
Then onward in my journey I come to understand
That every hair is numbered like every grain of sand

Bob Dylan

Sonntag, 26. 11., spätabends

Wir waren zwei Wochen weg. Es ist saukalt geworden. Die Fenster schließen nicht richtig. Als wir zurückkamen, war von innen Frost auf den Scheiben. Meine Bettdecke war kalt wie ein Sargdeckel. Ich habe mich angezogen ins Bett gelegt und musste heulen. Und trotz allem war ich froh, ~~wieder zurück zu sein~~ aus Szeged weg zu sein. Die letzten Tage waren wir im Hotel. Davor bei Tante Kati. Sie hält irgendwie mehr zu V. Sie sagt nichts, aber ich spür's ~ war anstrengend. M musste dreimal zum Gericht, einmal musste ich mit. Ich wurde gefragt, ob ich mich erinnere, ab wann V nicht mehr direkt nach der Arbeit nach Hause kam. Ich wusste es nicht mehr ~ es ist doch alles Jahre her, und ich war klein ~ und außerdem war es normal für mich, dass er abends beim Angeln war. Jetzt heißt es, er sei immer bei anderen Frauen gewesen. Dabei weiß ich noch, wie er Fisch mitbrachte, dass seine Gummistiefel dreckig waren und die Fische in seinem Netz so klein und erbärmlich, dass sie bestimmt nicht aus dem Supermarkt kamen.
M hat Vater vor Gericht die ganze Zeit ›Herr Westrin‹ genannt ~ als ob wir selbst nicht mehr so heißen, als ob es nicht auch mein Name ist. Es stach jedes Mal ein bisschen. Wie Verrat. Ich habe auf jeden Fall keine Lust, nun mit Ms Mädchennamen rumzulaufen. ›Aranka Kunmadarasi‹ klingt beschissen nach Balkan, wie eine Bäuerin.

Nun sind sie also offiziell geschieden. V muss alles bezahlen. Er war selbst nicht da, nur sein Anwalt. An einem Nachmittag ging die Verhandlung auch um die Sache mit der Krankenkasse. Aber da durfte ich nicht mit. Ich bin allein durch die Stadt gelaufen. Am Internetcafé, an unserem Haus vorbei, aber nur schnell auf der anderen Straßenseite. In meinem Fenster hingen bunte Vorhänge: das Kinderzimmer.

Auf der Einfahrt stand ein Geländewagen, nagelneu, mit deutschem Kennzeichen. Der neue Schwiegersohn. Kati Kovács hat es also geschafft und sich gewinnträchtig schwängern lassen ...

~~~~

Hier reden alle von dem Vergewaltiger. Jetzt haben sie endlich einen echten Grund, den ganzen Tag auf den Hof zu geiern. An der Kasse im Supermarkt unterhielten sich zwei Mütterchen, die eine hielt die Hand beim Sprechen vor den Mund, meinte halbleise, aber so, dass alle es hörten: »Aids soll der haben!« Und wahrscheinlich ist er ein Zigeuner, dachte ich, oder ein arabischer Terrorist und sprengt als Nächstes den ganzen Block in die Luft ... Meinetwegen gern. Mir tut nur das Mädchen leid, ich meine, dass sie jetzt noch irgendwie zwei Monate warten muss und dann erst weiß, ob sie wirklich davongekommen ist.

Der ganze Block liegt erst mal auf der Lauer. Einen Moment lang habe ich mir vorgestellt, wie es mich erwischt, hinter den Mülltonnen im Hof, und wie der Spanner von gegenüber mit seinem Fernglas zuguckt.
~~~~

In dieser Nacht erschien Big Isti in Zoltáns Traum. Es war dunkel, völlig lichtlos, als hätte jemand drei schwarze Plastiktüten über Zoltáns Kopf gezogen. Die Luft war stickig und feucht, roch nach Seifenwasser. Entfernte Schritte überschlugen sich mit ihrem eigenen Echo. Zoltán lauschte angestrengt. Big Isti rannte auf ihn zu, kam, wie es klang, von weit her. Zoltán atmete aus und spürte die erhitzte Luft auf seinen Wangen. Sein Atem war fiebrig, ging schnell und ängstlich. Der Klang der Schritte kam näher, wurde härter, als steche Isti seine Schuhe wie einen Spaten in den Betonboden. Zoltán begann, Istis Nähe im Dunkeln zu spüren, und wusste in dem Moment, dass Isti Schuhe mit Stollen trug. Stollen aus den Zähnen eines urzeitlichen Tieres. Zoltán fürchtete Isti nicht im Traum. Er wusste, sie begegneten einander als Verbündete. Irgendetwas ging um im Waschkeller, irgendetwas, gegen das sich Zoltán allein nicht schützen konnte. Isti flüsterte: ›Lass sie nicht gehen, lass sie nicht gehen …‹, und seine Stimme umarmte Zoltán, riss die Dunkelheit aus seinen Augen.

›Lass sie nicht …‹ Zoltán schreckte auf. Und noch während er erwachte, begriff er, dass es Petis Stimme gewesen war, die im Traum zu ihm gesprochen hatte. Zoltán blinzelte.

Das Zimmer lag im trüben Licht beschlagener Scheiben.

Aus dem Bad klang das Geräusch der Klospülung, dann leise das Quietschen eines Gummischwamms. Die Königin putzte.

Petis Bett stand da, wie er es verlassen hatte. Die Decke zerknittert, der Koffer hatte dort beim Packen gelegen. Das Kopfkissen war glatt. Peti hatte die Nacht, bevor er abgehauen war, nicht zu Hause verbracht.

Zoltáns Schultern froren. Er zog die Decke bis an die Ohren. Es war Sonntag. Keine Schule. Keine Eile.

Die Glocken der kleinen Kirche hinter der Papierfabrik läuteten. Sie riefen zur Messe in das reformierte Gotteshaus, das eingekeilt zwischen den Fahrbahnen des Stadtrings lag. Wie ein Raumschiff aus grauem Stein, das unglücklich gelandet war. Der Anblick war komisch, auch wenn Zoltán es nicht anders kannte. Bloß der Glockenturm überragte die auf Betonpfeilern ruhende Autobahn. Der Verkehr war einfach über die Kirche hinweggewachsen. Das Portal war nur noch zu Fuß zu erreichen. Die wenigen Alten, die aus dem Wohnblock zur Messe gingen, nahmen die Brücke über den Kanal und dann die Unterführung. Dort stank es nach Pisse, aber wenigstens verschönerten Graffiti die Wände. Die Tunnelwände, den grauen Beton mit bunten Bildern zu versehen, war die Idee des Pastors gewesen. Ein Sozialprojekt. Die Kinder von der Straße holen. Die Bilder der Passionsgeschichte. Sprayen für Jesus. Die Stadtverwaltung hatte zugestimmt, sogar die Farbe bezahlt, und sich damit ins eigene Fleisch geschnitten. Die Kids leckten Blut, und eine neue Generation von Sprayern entstand. Auch Peti hatte dort zum ersten Mal die Farbdose in die Hand genommen.

Das ferne Bimmeln rief weiter die Gläubigen. Zoltán wunderte sich, es so klar zu hören, denn der Lärm der Autos übertönte die Glocken sonst.

Das Licht im Zimmer wurde bläulicher, dunkler. Zoltán rieb seine Augen. Er sah zum Fenster, das einen Bart aus frischen Schneeflocken trug. Immer größere Flocken wehten an die Scheibe und blieben hängen. Noch eine Woche bis Weihnachten. Die Klospülung ging noch einmal. Die Badezimmertür. Dann klopfte es.

»Ja?« Zoltán merkte, wie dumpf und fremd seine Stimme klang.

»Frühstück.«

»Komme.«

»Gut geschlafen? Alles klar?«

»Hm.«

Zoltáns Mutter klopfte noch einmal, dreimal kurz hintereinander. ›Tok tok tok‹ hieß, dass das Frühstück bereits auf dem Tisch stand. Früher wäre seine Mutter einfach ins Zimmer gekommen. Doch nachdem sie einmal Peti beim Wichsen überrascht hatte, auf seinen Knien die Fernsehzeitung, ein Mädchen im Bikini auf dem Titelblatt, gab sie lieber Klopfzeichen.

Der Wohnblock war sowieso im Leichtbau entstanden, die Türen so dünn, dass man die Flöhe husten hörte, die Nachbarn ihre Kinder schlagen, die Nachbarn sich lieben, die Nachbarn lachen, die Fernseher. Wenn Peti mit sich zugange war, hatte Zoltán immer getan, als schliefe er. Er schloss die Augen und presste die Ohren ins Kissen.

Seit einer Weile streichelte auch Zoltán sich, kämpfte täglich mit dem Revoluzzer, wie Peti es nannte. Den Revoluzzer schütteln. Am liebsten morgens, mittags, abends. Meist schloss er sich dafür im Bad ein, und meist dachte er dabei an Aranka. Zoltán hatte sie nicht mehr gesehen, doch in ihrem Fenster brannte Licht. Wenn es nachmittags auf Kipp stand, drang Musik in den Hof. Sie hörte Johnny Cash, ziemlich laut, immer wieder die gleichen Songs. *Ring of Fire.* Und manchmal hörte Zoltán ihre Mutter Arankas Namen rufen. *Personal Jesus.* Den Betonboden vor den Mülltonnen schmückte bereits ein Muster von Schmierölflecken. *Hurt.* Zoltáns Kette, sein ganzes Fahrrad glänzte, war fünfzigmal gewartet und generalüberholt. *Desperado.*

Nun schneite es.

Der ferne Klang der Glocken verstummte.

Das raue Krächzen der Krähen blieb.

Zoltán griff unter sein Bett, holte den Porno raus, den er von Árpi geliehen hatte. Er blätterte die Seiten. Keine Wirkung. Selbst der alte Trick, die verbrauchten Bilder auf den Kopf zu stellen, half nicht. Es war öde, zu viel, zu direkt, zu viele Körperöffnungen, zu viele Körper ohne Gesicht. Selbst die Namen der Mädchen, Yvonne, Patricia und Monique … wer glaubte eigentlich, dass die so hießen? Und wenn nicht mal der Name stimmte … wer sollte glauben, dass sie es gerne machten, Doggy Style, und Schwänze liebten … Zoltán hatte die Hefte über. Er wollte Haut, echte Haut, und sei es nur, eine Hand zu halten. Und ein Gesicht dazu und einen echten Namen. Er warf das Heft unters Bett zurück. Im Grunde hatte er es von Árpi nur geliehen, um ihn nicht ganz zu kränken oder noch auf die Idee zu bringen, dass er vielleicht nicht auf Mädchen stünde.

Zoltán rappelte sich auf, zog sich an und ging ins Bad.

Es roch beißend sauber. Im Klo schwamm eine Insel aus weißem Schaum. Zoltán pinkelte der Insel einen gelben Strand und zog die Spülung. Er wusch sich, drückte vorm Spiegel einen Pickel aus und ging in die Küche.

Seine Mutter saß am Tisch, vertieft in die Zeitung. Zoltán setzte sich. Seine Mutter beugte sich seitlich an der Zeitung vorbei, gab Zoltán ihren sonntäglichen Kuss auf die Wange. »Hunger?«

»Hm.«

»Iss. Im Topf ist auch noch ein Ei.« Sie wandte sich wieder der Zeitung zu. Es war die vom Donnerstag. Zoltáns Mutter brachte stets aus den Büros, wo sie die Papierkörbe leeren musste, die Zeitungen mit. Die *Pester Nachrichten* oder die *Volkszeitung*, zwei, drei verschiedene Nummern, die sie am Sonntagmorgen las. Dass die

Zeitungen nie aktuell waren, störte sie nicht. Wahrscheinlich hätte sie genauso die vom letzten Jahr gelesen. Wahrscheinlich reichte es auch zu wissen, dass Politiker korrupt waren, Flugzeuge ab- und Brücken einstürzen konnten, dass Fünflinge geboren wurden, Schafe geklont und dass Hollywoodstars zum siebten Mal heirateten. Es gab Wirbelstürme, Lottogewinner, Weltmeister, jeden Tag neues Wetter, jeden Tag neue Stars, irgendwo einen Krieg oder erste Parlamentswahlen, einen Sexskandal, eine Steuererhöhung, ein Erdbeben und einen Liebesbrief, der fünfzig Jahre bis zum Empfänger brauchte. Verspätetes Glück. Und der Papst war mal wieder im Krankenhaus. Eine Welt wie ein Irrenhaus, das sich ruhig um sich selbst und die Sonne drehte.

Zoltán holte sich vom Herd das Frühstücksei. Er schlug es auf. Es war halb weich, wie er es mochte. »Ist hier Salz?«

»Was?« Seine Mutter blickte blass über die abgeknickte Ecke der Lokalseiten.

»Salz. Alles o.k., Mutti?«

Sie nickte. »Ja, ja … Aber sie haben hier schon wieder ein Mädchen …«

»Was …?«

»Letzten Sonntag …« Seine Mutter schüttelte langsam den Kopf. Sie hatte Schatten um die Augen, zum ersten Mal sah Zoltán, dass sie älter geworden war. Der Nachtjob hatte einzelne graue Strähnen in ihr braunes Haar gewebt. »Bei der Unterführung diesmal …«

»Unterführung?«

Seine Mutter faltete die Zeitung zusammen. »Von Block Rot zur Haltestelle.« Sie legte die Zeitung weg, als sei das Thema damit beendet, und reichte Zoltán mit zitternder Hand den Salzstreuer. »Iss dein Ei, wird kalt.«

Zoltán aß.

»Magst du Kakao?«

Zoltán schüttelte den Kopf.

Seine Mutter stand auf, außer dem Kaffee hatte sie nichts gefrühstückt, und auch den hatte sie zur Hälfte stehen lassen.

Zoltán beugte sich über den Tisch, hielt die Nase in ihre Tasse und sog den Duft ein. Dann trank er schnell den Rest des süßen und samtschwarzen Kaffees aus. Schon als kleiner Junge hatte er Kaffee geliebt und heimlich die Bohnen aus der Dose geklaut. Er hatte Zuckerwürfel angeleckt und eine Bohne darauf geklebt: Do-it-yourself-Konfekt. Es hatte großartig geschmeckt. Nur einmal hatte er es übertrieben und zu viel davon gegessen, zwanzig Stück vielleicht, auf dem halben Kilometer zum Kindergarten. Als er ankam, tobte das Herz in seinem Brustkorb, schlug unten gegen den Magen und klopfte oben an den Hals. Zoltán erbrach den körnigen und schwarzen Schleim ins Weiß der Kloschüssel. Die Kindergärtnerin half ihm, stützte seine Stirn mit ihrer Hand. Auch sie hatte lange rote Locken gehabt. Fräulein Fandl. Ihr warmer Atem hatte meist nach salzigen Küchlein gerochen, ihre Kleider leicht nach Lavendel. Sie hatte Zoltán um den Mund gewischt und ihn zärtlich auf ihrem Schoß gehalten, bis der Doktor kam. Den ganzen Tag noch hatte Zoltán den sauren Geschmack im Mund gehabt, dazu ein Flimmern vor den Augen. Aber in der Nase hatte er auch den feinen Duft von Lavendel und salzigem Blätterteig. Sein Vater hatte am Abend über die Spüle das hohe Bord geschraubt. Dort standen seitdem die Kaffeebohnen. Damals viel zu hoch und unerreichbar. Zoltán dachte an Aranka. Und Johnny Cash sang in seinem Kopf. *Don't take your guns to town, boy.* Und *Meet me in heaven.*

»Bringst du den Müll raus?«

Desperado, you better come to your senses. »Was?«

»Kannst du den Müll rausbringen, Zoli?«

Before it's too late.

Die Hand seiner Mutter fuhr lächelnd über Zoltáns Kopf – ja, manchmal fühlte es sich so an, als könnte die Hand seiner Mutter lächeln – so wie ihr Blick einen auch streicheln konnte. Und selten konnte der Zug um ihre Lippen nach einem schlagen. Selten.

Nun lächelte sie. »Wo bist du bloß mit den Gedanken …« Sie hielt Zoltán den vollen Müllbeutel hin. »Doch nicht etwa schon bei einem Mädchen, oder?«

Zoltán grummelte etwas, griff den Müllbeutel und machte sich schnell hinaus in den Hof. Bevor die Hintertür in Schloss fiel, war schon das Blut in seinen Wangen. Leuchten. Weihnachtsbäckchen. *Burn, that ring of fire.* Zoltán sprang mit einem Satz die drei Stufen hinab. Er nahm den Hof als Anlauf und pfefferte den Müllsack in den stinkenden Container, dass Wolken von Fliegen und Asche aufstoben.

»Hey Scheiße, Junge, langsam!«

Zoltán drehte sich um und blickte in ein Gesicht wie aus Hackfleisch. Es war die pockennarbige Visage der Wandzeitung. Zoltán trat einen Schritt zurück. Die Wandzeitung war aus Block Grün, ein Junggeselle, arbeitslos, Bodybuilder, ein Typ, bei dem die Evolution irgendwie versagt hatte.

»Tschuldigung.« Zoltán verdrückte sich seitlich durch die Sträucher.

»Tschuldigung Scheiße.« Die Wandzeitung wedelte sich einen Weg durch den Fliegenschwarm, warf fluchend seinen Müll ein. Er schloss den schweren Metalldeckel, ließ ihn krachen und rotzte Zoltán in die Büsche nach. Doch Zoltán war flink genug und längst schon wieder bei der Hintertür.

»Ahoi.« Jemand lachte leise in eine vorgehaltene Hand. »Hast du's eilig?« Auf den Stufen vor der 37 saß das Mädchen. Der Kopf mit der roten Lockenpracht lugte leuchtend durchs Geländer.

»Hallo.« Zoltán holte Luft, sah sich noch einmal um. Die Wandzeitung verschwand im Block gegenüber. Mit Typen wie ihm war nicht zu spaßen, besonders mittags, wenn sie einen Kater hatten. Die Wandzeitung ließ die rostige Kellertür scheppern. Er gehörte zu den wenigen, die furchtlos mit dem Aufzug fuhren.

Aranka winkte Zoltán zu sich. »Komm mal her, du.«

Zoltán setzte sich, und sein Herz schlug wie damals bei der Überdosis Koffein. Bloß dass ihm diesmal deutlich mehr nach Schweben als nach Kotzen zumute war.

Sie hockten nebeneinander, auf der mittleren der drei Betonstufen. Es war kalt, doch das Mädchen schien nicht zu frieren. Ihr rechtes Knie schaute unter dem Rock hervor, nackt, rund und appetitlich wie ein warmes weißes Brötchen. Auf dem Knie ein paar Sommersprossen. Die ganze Sensation nur eine Handbreit von Zoltáns eigenem Knie, seinen ölverschmierten Jeans entfernt.

Aranka blickte ihn an. Sie hielt ihr Kinn auf die rechte Hand gestützt und erforschte Zoltán, sein Gesicht, seinen Hals, die Schultern. Dann lächelte sie, hob die Linke, unter deren Handfläche es qualmte. Ihre Finger verbargen geschickt eine Zigarette. Aranka schloss die Augen, nahm einen tiefen Zug und sah Zoltán erst wieder an, als sie den Rauch durch das rote Rund ihrer Lippen ausstieß. »Was war denn das für einer?«

»Wer?«

»Na, der Tarzan mit den Fliegen … Das war lustig.«

»Ach so, die Wandzeitung.«

Aranka nahm noch einen letzten Zug, schaute sich um zur Hintertür, drückte den Stummel mit der Sohle ihres Sportschuhs aus und ließ ihn in die Ritzen zwischen den Stufen fallen. »Ist dir nicht kalt?«

»Weiß nicht.«

»Ich meine am Hintern. Warte.« Sie erhob sich. Unter ihrem Rock lag eine dicke Wolldecke. »Setz dich.« Sie faltete die Decke zu Zoltáns Seite hin aus. »Ist kein Sommer mehr.«

»Hm.«

»Das sieht wie dreckiges Eis aus, findest du nicht? Ich meine, der Beton, die ganze Scheiß-Landschaft hier …«

»Hm.«

Sie strich sich das schwere Haar hinter die Ohren und sah Zoltán an. »Du bist nicht sehr gesprächig, oder?«

Zoltán hob die Schultern, er atmete noch einmal tief und nahm innerlich Anlauf, etwas zu sagen. »Doch. Aber …« Das Stück Decke unter seinem Hinterteil war wunderbar angewärmt. Der Gedanke, dass es die Wärme vom Hintern des Mädchens war und dieser wärmende Hintern nah an seinem eigenen kalten Hinterteil hockte, lähmte ihn. Es war, als wickelte sich die Zunge beim Versuch zu sprechen um die Worte.

»Und, heute ohne deinen besten Freund unterwegs?«

»Ohne wen?«

»Árpi.«

»Nee.« Zoltán verdrehte die Augen.

»War doch ganz nett.« Sie sah ihn prüfend an.

»Ein Idiot.«

Ihr kurzer Blick stimmte Zoltán zu. Erste Prüfung bestanden.

Zoltán kratzte einen Fetzen Haut von seiner Fingerspitze. »Alle aus Grün sind Idioten.« Er redete Blödsinn, doch wenigstens verschwand dadurch das verwickelte Gefühl im Mund. Seine Zunge wurde wieder frei, und langsam klärten sich auch die Gedanken. »Das heißt, nicht alle. Blödsinn, aber ...«

»Grün?« Aranka lächelte. »Ich versteh kein Wort. Und warum heißt der ›Wandzeitung‹?«

»Die Blöcke hier heißen wie die Farbe vom Eingang.«

»Sind die nicht alle blau?«

»Nein, nur bei uns. Das siehst du nur von der anderen Seite.« Zoltán deutete nach gegenüber. »Das ist Grün. Links dahinter liegt Gelb. Da wohnen die Fremden. Ein paar Russen, aber hauptsächlich Koreaner. Auch Herr Yu, der Typ, der die Kneipe hinter dem Supermarkt hat. Der ist nett, aber, glaube ich, Japaner. Der spricht kein Ungarisch, nur Japanisch und Deutsch. Na ja, egal. Klingt vielleicht blöd, aber du kannst dir den Block mit den Asiaten so leicht merken: Gelb.«

Das Mädchen nickte, »Capischko«, und rieb sich mit dem Daumen einen Krümel Tabak von der Zungenspitze. Dann zwinkerte sie. »Ist ja alles ganz phantastisch gut geordnet hier: Grün Idioten, Gelb Ausländer.«

»Absolut.« Er wollte sagen: ›Und Blau wir beide‹ – aber sie sah nicht wie das Mädchen aus, das Anmache brauchte. »Und der Block hier links von der Einfahrt ist Rot. Und da drüben ...« Zoltán zögerte wieder – auch Vergewaltigung schien jetzt nicht das richtige Thema. »Und hier gegenüber, am Kanal, waren im Sommer Zigeuner. Roma. Vor zwei Monaten sind die weg. Sie sollen nach Deutschland, aber ...« Zoltán dachte an Peti, sprach den Satz nicht zu Ende.

»Und das mit der Wandzeitung ist ein Geheimnis, oder was?«

»Nein.«

»Dann erzähl, Zoltán.« Ihre Hand berührte seine Schulter. »Zoltán ist doch dein Name, oder?«

Zoltán nickte.

»Ich heiße Aranka.«

»Ich weiß.«

Sie musste lachen. »Du weißt? Ach ja, ich hatte ganz vergessen, dass wir verwandt sind …«

Das Blut stieg zurück in Zoltáns Wangen. Er wandte den Kopf ab, jetzt galt es weiterzureden, bevor die Zunge sich wieder um die Worte verknotete. »Der heißt ›Wandzeitung‹, weil … also, der ist ja ziemlich breit, wie du gesehen hast. Heute trug er ein Hemd, das heißt, wenn es schneit, zieht er ein Hemd an, eines mit langen Ärmeln, und den Rest vom Jahr trägt er nämlich nur ein Hemd ohne Ärmel oder den Sommer über gar keins.«

»Verstehe ich nicht.«

»Na, so kurze Hemden.« Zoltán deutete auf seiner Brust die Linien eines ärmellosen Unterhemds an.

»Und darum heißt er ›Wandzeitung‹?«

»Ach so, nein.« Zoltán musste lachen, hielt schnell die Hand vor den Mund, doch ein Tröpfchen Spucke war schon auf Arankas Arm gespritzt. »Sorry.«

»Ist egal.« Sie rieb es ab. »Ein bisschen Aids ist überall …«

Zoltán lächelte. Sie verwirrte ihn, sie war ein Mädchen und schön, und verhielt sich doch eher wie die hässlichen Mädchen, die auf Kumpel machten.

»Erzähl weiter.«

»Klar, das konntest du jetzt nicht sehen. Also, der ist tätowiert. Aber jetzt nicht normal, sondern so ganz. Also wie 'ne Tapete. Der ist ganz bunt. Überall Worte und Bildchen.«

»Verstehe, wie 'ne Wandzeitung. Und der ist ein echter Arsch oder was?«

Zoltán wiegte den Kopf. »Du nimmst dich besser vor ihm in

acht. Kommt drauf an, was für einen Tag er hat … Aber ich glaube, Frauen gegenüber ist er o.k.« Zoltán spürte an seinem Hintern den kalten Beton. Er war beim Erzählen von der Decke gerutscht. Er hob den Hintern und strich die Decke darunter glatt. »Aber stimmt schon ein bisschen, dass in Grün viele Idioten wohnen.«

Aranka blickte sich noch einmal zur Tür um, ob reine Luft war. Sie zog eine Packung Camel und ein kleines Feuerzeug aus ihrem Ärmel und zündete sich eine an. »Magst du auch?«

»Nein.«

»Sportler, was?«

Zoltán zuckte mit den Schultern. »Ich hab aufgehört, wegen Schwimmen. Und meine Mutter sagt, wenn ich nicht saufe oder rauche, bis ich achtzehn bin, krieg ich das Geld für den Führerschein.«

Aranka seufzte ein Wölkchen Rauch aus. »Klingt in Ordnung, deine Mutter. Meine ist zwar dagegen, aber qualmt selbst.« Sie zog noch einmal an der Zigarette, machte die Wangen rund und blies den Qualm in kleinen Kringeln aus. Dann verdunkelte sich ihr Blick, und sie wischte zwei-, dreimal mit der Hand durch die Luft, als vertreibe sie mit den Rauchkringeln auch die schlechten Gedanken. »Erzähl mir was, von den Leuten hier. Ich kenne hier keinen.«

Zoltán überlegte, suchte nach der besten Geschichte. »Also, vorne über dem Supermarkt zum Beispiel, da wohnt ein Ex-Cop. Die Wohnung mit den braunen Gardinen, die immer zu sind. Der macht den Nachtwächter im Supermarkt. Aber vorher als Polizist hat er einmal einen Ladendieb so hart verhört, dass der danach im Koma lag. Der Dieb war noch keine achtzehn, das gab Ärger, und der Cop ist dann gekündigt worden. Seitdem wohnt der hier. Manche behaupten, der kriegt von der Polizei noch ’ne dicke Rente.

Manchmal macht der auch den Detektiv im Laden. Du erkennst ihn an seiner Lederjacke. So ein glänzendes Teil mit einem Aufnäher, ›California‹.«

Aranka rieb sich über den Unterarm, als fröstele ihr. »Wohnen hier nur so Arschlöcher? Gibt es keinen, der nett ist oder lustig oder so?«

»Doch, klar.« Zoltán zeigte auf ein Fenster im Parterre gegenüber. »Siehst du, hier unten, wo das Licht brennt, wohnt die Fluchhenne. Die heißt so, weil sie ständig flucht und Hühner hält.«

»In der Wohnung?«

»Klar. Im Wohnzimmer. Die scheißen alles voll. Der ganze Teppich ist grau von Scheiße und Federn. Und in die Schubladen vom Wohnzimmerschrank legen die Hühner ihre Eier.«

»Du verarschst mich.«

»Nein, ist wahr, wirklich.«

Aranka zog an der Zigarette, kniff die Augen zusammen und blickte zu dem Fenster gegenüber, auf die zerschlissene Gardine.

»Der Hauswart wollte die schon dreimal raussetzen, aber irgendwie hat die Verwandte bei der Verwaltung. Manchmal verkauft die auch ihre Eier an der Bushaltestelle. Und schräg darüber, siehst du?«

Aranka rückte ein Stück näher, berührte Zoltán mit der Hüfte, wobei ihr Blick seinem Zeigefinger folgte.

»Da wohnt Onkel István. Der ist nett und angeblich schon hundertzwanzig Jahre alt.«

Aranka lachte.

»Er ist der einzige Alte, den hier alle noch Onkel nennen, oder Kalender István, weil der nämlich nur in Kalendersprüchen spricht.«

»Quatsch!«

»Nein, ist wahr. Wirklich, ich schwöre.« Zoltán hielt sich die Hand aufs Herz. »Ist alles wahr. Du wirst dem noch begegnen. Und gleich daneben wohnt einer, der war mal zelten, am Balaton, da ist ein Blitz ins Zelt geschlagen und die ganze Familie war tot. Seine Frau und zwei Kinder.«

»Das ist schrecklich.« Aranka schaute zu dem dunklen Fenster. »Und er hat das überlebt?«

»Er war grade pinkeln.«

Sie schwiegen.

Aranka rauchte, atmete verschlungene Schlieren aus.

»Mein Vater ist auch tot.« Zoltáns Nase juckte, er wusste nicht, warum er es gesagt hatte.

»Dein Vater? Wirklich? Schon lange?«

»Über vier Jahre.«

Sie betrachteten das Geschlängel aus Qualm, bis es sich auflöste.

Eine Krähe landete krächzend bei den Mülltonnen.

Zoltán fror.

Arankas Bein berührte seins, kaum merklich.

»… manchmal vergesse ich, wie er roch oder wie die Stimme war. Manchmal sehe ich ihn auch nur noch so wie auf den Fotos. Außer im Traum, dann …« Zoltán rieb sich um die Nase. Die letzten Sonnenstrahlen verschwanden hinter Block Grün, es wurde eisig.

»Wird kühl, hm?«

»Ein bisschen.«

Aranka beugte sich zu ihm, drückte einen Kuss auf seine Wange. Sie griff die Schachtel Zigaretten, verstaute darin das kleine Feuerzeug und stand auf. Sie strich ihren Rock glatt, etwas Asche vom Saum. »Ich würde dich reinbitten, aber meine Mutter … das geht grade nicht.«

Zoltán nickte.

»Also … man sieht sich. Ahoi.« Aranka drückte die Klinke der Hintertür und war verschwunden.

Er stand auf. Seine Beine schmerzten, waren steif von Kälte und Anspannung. In die gefaltete Decke waren die beiden warmen Kuhlen ihrer Hintern gedrückt. Zoltán schaute sich um, stopfte die Decke schnell unter seine Jacke und verdünnisierte sich.

Die Klinke an der Hintertür war kalt und klebrig. Von drinnen hörte er Geschirr klappern.

Zoltán trat in die heimische Wärme der Küche.

Seine Mutter stand an der Spüle. Als sie ihn sah, wischte sie schnell die nassen Hände an der Schürze ab. »Ich dachte schon, du bist verschollen.«

Zoltán schüttelte den Kopf und versuchte dabei, die Wolldecke hinter den Rücken zu schieben.

Seine Mutter nahm eine Karte vom Küchentisch und zeigte sie ihm mit einem seligen Lächeln. Eine Postkarte, mit dem Bild eines alten Zeppelins auf der einen Seite und auf der anderen eine deutsche Briefmarke und vier Sätze in Petis Handschrift.

Zoltán griff die Karte, drehte sie ungläubig in den Händen. Sie musste gestern gekommen sein. Er hatte zwar mittags in den Kasten geguckt, doch manchmal kam am Samstag die Post auch spät.

»Lies. Er kommt Weihnachten.«

Zoltán las. *Liebe Mutter, lieber Zoli, es geht mir gut und ich hoffe, Euch auch. Ich verdiene hier gut Geld. Mein Job geht noch bis Weihnachten. Es umarmt Euch, Peti.* Zoltán reichte die Karte enttäuscht zurück. »Da steht nichts, ob er kommt.«

»Doch natürlich.« Ihre Fingerspitzen fuhren Wort für Wort die mageren Sätze nach, als könnte sie dort etwas spüren, ihnen mehr entlocken. »Er kommt Weihnachten, sonst würde er es nicht so schreiben.«

Zoltán hob die Schultern und erwiderte nur kurz den Blick seiner Mutter. Freude und Müdigkeit, Schmerz und Hoffnung mischten sich in ihren Augen.

Zoltán umarmte sie, auch aus Enttäuschung und Wut auf Peti. Zum ersten Mal fand er den Abgang seines Bruders feige.

Seine Mutter hielt ihn ebenfalls, schloss die Arme fest um seinen Rücken. »Was ist das denn?«

»Eine Decke, hab ich gefunden.«

»Gefunden? Im Müll?« Ihre Stimme klang verheult. Sie drückte ihn fester, zog die Nase hoch. Dann erschlafften ihre Arme, ließen Zoltán wieder los. »Gehört die keinem, die Decke? Soll ich sie waschen? Zeig mal.«

»Nein, ist nicht nötig.«

Seine Mutter wischte die Tränen von ihrer Wange und strich die Schürze glatt.

Zoltán knöpfte seine Jacke auf, wobei die Decke zu Boden fiel. Er bückte sich und raffte sie schnell vor seiner Brust zusammen.

Seine Mutter warf ihm einen ihrer königlichen Blicke zu. »Gefunden, ja?« Sie betrachtete das braunblaue Karomuster. »Schön.« Sie pickte ein langes, rotes Haar von der Decke, hielt es hoch und schien zu überlegen, wer solche Haare hatte. Dann lächelte sie plötzlich, zog die Augen, die noch feucht waren, zu schmalen Schlitzen. »Hör mal, Zoltán, du machst mir doch keine Dummheiten, oder?«

Donnerstag, 7. 12., spätnachts

Ich liege wach und drück mich vor dem Einschlafen. Letzte Nacht habe ich wieder geträumt, dass mir was passiert und keiner hilft, alle nur dastehen und zugucken ...
Nachts, wenn die Autobahn leiser ist, hört man Kirchenglocken. Sie schlagen jede volle Stunde. Keine Ahnung, woher die kommen, aber ich bin sicher, dass ich's nicht nur träume.

~~~~

Heute hat M beim Frühstück versucht, mich aufzuklären oder so was Ähnliches. Ich hätte lachen müssen, wenn ich nicht vorher so schlecht geträumt hätte. »Männer«, sie wischte mit der Hand durch die Luft, »du weißt schon ... Sie wollen oft nur das eine.« Ich konnte nichts sagen ~ danke schön, Mama, irgendwie fängt das ganze Gelaber an, mir Angst zu machen. Ich habe die Schultern gezuckt und bin ins Bad gegangen. Ich war so wütend, ich habe gegen den Spiegel gespuckt. Es war albern, aber hat geholfen. Die Spucke lief über mein Spiegelbild und tropfte unten auf Ms Schminkset. Wäre ich mal schlagfertig gewesen, hätte ich etwas gesagt wie: ›Wollen nur das eine – meinst du damit meinen Arsch oder meine Nieren?‹ Aber schlagfertig sein ist auch irgendwie billig, was für Schwächlinge.

~~~~

Ich verstehe nicht, warum die ganze Welt so viel Tamtam um ›das eine‹ macht. Es kann unmöglich besser sein, als sich selbst zu streicheln. Wenigstens kann ich mich dabei ganz auf mich selbst konzentrieren. Ich weiß nicht, wie ich's mir anders vorstellen soll. Wie soll ich mich selbst spüren, wenn ich gleichzeitig am anderen rummache?

~~~~
~~~~

Den ganzen Tag viel Dylan und Cash gehört. ›Blood on the Tracks‹ und ›American Recordings‹. Ich kann die Stones, sogar die frühen Beatles nicht mehr hören. Von dem ganzen Britpopscheiß zu schweigen. Mich nervt, wenn es bloß um Sex geht. In oder zwischen den Zeilen geht es immer darum. Oder was heißt ›let me ride your pony‹ … ›show me your sweet things‹?

~~~~

Gestern hatte ich eine lustige Unterhaltung mit Zoltán. Er hat von nichts eine Ahnung, doch das ist irgendwie auch süß. Ich mag ihn mehr, seit ich es weiß mit seinem Vater. Ich glaube, ich verstehe ein bisschen besser ~ seinen Blick und alles ~
Er erzählt nicht gerade viel von sich, aber er ist ehrlich.
Auf dem Spülbord in ihrer Küche steht ein Foto. Sein großer Bruder und sein Vater in Badehosen. Als ich's gesehen habe, musste ich denken: das ist der Unterschied zwischen geschieden und gestorben. Bei gestorben stellt man Fotos auf, bei geschieden sind sie plötzlich alle verschwunden. Ich weiß sicher, dass beim Packen in einem Karton auch zwei Alben waren. Nach dem Einzug waren sie weg. Sie fehlen mir jetzt nicht, aber ich hätte sie irgendwie gern für später. Das ganze Leben erinnert mich immer mehr an Mathematik. Ich meine, die Art, wie man davon Kopfschmerzen kriegt: Ich rechne hin und her, verschiebe die Formel und komme doch auf kein gutes Ergebnis.

Jetzt muss ich lachen.

Mal angenommen, ich heirate … Zoltán (nur mal so theoretisch) … dann hätte ich im besten Fall folgende Gleichung:
Ein Mädchen (a) + ein Junge (b) = zwei Mütter ((c/alt) + (d/neu)) = zweimal kein Vater ((– x/gestorben) + (-y/geschieden)) = Z

Nun setze ich Z = Glück
~~~~

b und d sind (sagen wir) positiv.

a und x sind wertmäßig (eher) unentschieden.

c und y sind negativ.

Gibt unterm Strich eindeutig Glück = 0

Wobei ein kleiner Teil der Gleichung fehlt. p = die große Unbekannte = der neue ~~Stiefbruder~~ Schwager = angeblich durchgebrannt mit einer schönen Rumänin = p könnte positiv sein …

~~~~

Ich bin blöd. Und müde. Ich sollte schlafen.

~~~~

Lass mich gut träumen heut Nacht.

Am übernächsten Abend saß Aranka wieder auf den Stufen vor der Hintertür. Um die Lampen im Innenhof hingen Dunstglocken, der Himmel war grau, als hätte Gott einen Eimer mit Asche darüber ausgestreut. Passend hatte jemand auf die Deckel der Mülltonnen gesprayt: *Gott ist nicht tot, er ist nur eingeschlafen!*

Aranka winkte. »Ahoi. Hast du die Decke noch?«

Zoltán nickte. Er ließ die Tasche mit seinen Schwimmsachen von der Schulter rutschen.

Sie rieb die Hände aneinander, hauchte sie an. »Ich hab gerade bei euch geklopft, war keiner da.«

Zoltán sah, dass ihre Nase, die Fingerspitzen rot und verfroren waren. »Ich hol sie sofort.« Er spurtete los, hielt an der Hintertür inne und drehte sich um. »Willst du nicht lieber reinkommen?«

Als brauchten Zoltáns Worte länger für den Luftweg, vergingen ein paar Sekunden, bevor Aranka nickte, aufstand und zu ihm lief. Ihr dünner Rock wehte um die Beine. Sie lehnte sich mit einem Lächeln an die Tür. »Ist arschkalt.«

»Kann man so sagen.« Zoltán schloss auf.

Aranka fiel mit der Tür hinein, das lose Fliegengitter schlug hart an den Rahmen, die Küche war muffig und dunkel, aber warm.

Zoltán hängte seine Sporttasche an den Nagel neben den Küchenschrank. »Warum hockst du draußen? Hast du dich ausgesperrt?«

Kopfschütteln.

»Ich hol dir die Decke.«

»Nein, warte.« Sie streckte ihre Hand zu ihm aus. »Komm mal her.«

Zoltán schloss die Tür, knipste die Küchenlampe an.

»Na, komm.«

Er zögerte, schielte zur Uhr über dem Küchenschrank.

»Hey, was wird das, Zoli?«

»Nichts.« Er reichte Aranka seine Hand.

Sie nahm Platz auf der Tischkante und zog Zoltán zu sich. »Halt mich mal fest, damit mir warm wird.«

Zoltán stand da, eine Hand in ihrer, während die andere herabhing, wie aus Blei, wie eingeschlafen. Er bewegte sich nicht. Alles Leben in ihm schien durch die eine Hand zu fließen, die ihre hielt, eine warme, schmale Mädchenhand.

»Was ist, Zoli? Magst du nicht?«

»Doch.« Aber Zoltáns Beine streikten.

Aranka lächelte, sie stand auf, zog den Küchentisch die dreißig Zentimeter bis vor Zoltáns Fußspitzen und setzte sich wieder.

Auf der Tischkante sitzend, war sie so groß wie Zoltán. Ihre Augen auf einer Höhe. Ihre Gesichter einander nah, ihre Nasenspitzen berührten sich fast.

Zoltán schloss die Augen und versuchte sich auf seine Lippen, auf den Kuss zu konzentrieren. Den ersten Kuss, von einem Mädchen, von dem er nie zu träumen … endlich … Doch das Mädchen legte den Kopf an seine Schulter. Ihre Arme schlossen sich fest hinter Zoltáns Rücken, kein Kuss, aber ihr Haar strich um seine Wange und machte Zoltán Gänsehaut.

Aranka flüsterte: »Du riechst nach Chlor.«

Auch Zoltáns Arme schlossen sich fest. »Ich war im Schwimmbad.«

Eine Weile hielten sie still, lauschten dem Atem des anderen und dem eigenen Herzschlag.

»Schwimmen …« Aranka zog die Nase hoch. »Gehst … du … oft?« Ihre Stimme klang verschnupft. Dann stockte ihr Atem. Sie rutschte vor, vom Tisch, und ihr Schoß drückte sich an seinen. Zoltán spürte ihre Hüftknochen. Die Haut an ihrem Hals duftete herrlich, wie warme Milch mit Honig. Zoltán versuchte, seine Hüfte von ihrer abzurücken und die harte Beule in seiner Hose zu verbergen. Doch dann weinte sie, drückte die Lippen an seinen Hals zu einem langen Kuss. Zoltán fühlte das Kitzeln ihrer Tränen an seinem Schlüsselbein. Er stand einfach weiter still und hielt sie. Es war so simpel. Er grub die Nase tief in ihr Haar, das nach Shampoo und warmem Bett roch. Hin und wieder schluckte sie die Tränen, und ein schwaches Zittern ging durch ihren Körper. Zoltán war selten so ratlos gewesen, selten so glücklich. Er hielt sie, bis das Zittern in ihrer Brust verebbte, bis sie aufhörte zu weinen.

Dann löste Aranka langsam ihre Arme von seinem Rücken. Sie schob Zoltán ein Stück weg und sah ihm gerade ins Gesicht. An ihrem Kinn hingen Tränen. Ihre Augen schauten verschwommen und groß, als wäre sie gerade aus einem schlechten Traum erwacht.

Zoltán reichte ihr ein Stück Papier von der Küchenrolle.

Aranka wischte sich durchs Gesicht. Das dunkle Grün ihrer Augen klärte sich, wirkte wie aufgehellt. »Tut mir leid.«

»Schon gut.«

»Ich hab dich nass gemacht.«

Zoltán blickte auf den kreisrunden Fleck in seiner Hose. Er lächelte verschämt und hielt die Hand darüber. »Macht nichts.«

»Nein, ich meine, an deiner Schulter.« Sie zeigte auf den feuchten Kragen seines Pullis. »Alles vollgerotzt.«

Zoltán spürte das warme Blut in seinen Wangen. »Ein bisschen Aids …«

»… ist überall.« Sie lächelte. »Ist doch eigentlich ein Scheiß-Spruch, oder?« Aranka schneuzte sich noch einmal die Nase im Küchentuch. »Unser Sportlehrer in Szeged hat das immer gesagt … war auch irgendwie ein Arsch.« Sie verzog die Lippen. »Komm, setz dich, Zoli, bitte, steh nicht so rum.«

Zoltán setzte sich an ihre Seite auf den Küchentisch.

»Und schau mich nicht so an.«

Zoltán schaute auf seine Knie. »Du bist schön. Deine Haare sind so schön.«

»Ja, ja.« Sie zog noch einmal die Nase hoch. »Rot fickt gut, das denkt ihr Jungs doch.«

»Nein.« Zoltán sah sie an. »Und wenn …«

»Verzeih.« Sie lehnte sich an ihn. »In meiner Klasse, in Szeged, war einer, der war ziemlich dick, hundert Kilo oder so. Der hieß auch Árpád, aber alle nannten ihn nur ›Schwitzer‹. Im Sport war alles, was der Schwitzer benutzt hatte, schweißnass. Die Gymnastikmatte oder die Handgriffe an den Geräten. Alle haben sich davor geekelt, besonders wir Mädchen. Und der Sportlehrer hat uns dann immer gezwungen, es zu berühren, und das mit dem Aids gesagt.«

»Und auf welche Schule gehst du hier?«

»Noch auf keine. Ich werd nächstes Jahr erst wieder eingeschult. Ich will Abi machen. Ich weiß nicht, ob wir hier bleiben. Vielleicht gehe ich auch ins Internat. Ich war in Szeged sowieso eine Klasse weiter.« Sie zuckte mit den Schultern. »Ich bin im Juli geboren. Zu früh eingeschult. Immer mit Älteren zusammen. Das war zum Kotzen, eigentlich. Ich meine, immer die Jüngste sein.« Zwischen Arankas Augenbrauen entstand eine Falte, ein Gedanke, der sich dort festkeilte, etwas Ungutes, das weder ihre Lippen noch ihre Augen preisgaben.

Zoltán blickte sie an. Die Melodie von *Desperado* erklang in seinem Kopf. Zoltán summte sie.

Aranka lauschte, als der Refrain kam, summte sie mit. Die Falte zwischen ihren Brauen verschwand nicht ganz, aber wurde glätter. »Johnny Cash ist für mich … wie ein schwarzer Engel, verstehst du? Ein guter Engel, mit staubigen Flügeln.«

Er musste grinsen. »Du bist komisch.«

»Komisch?«

»Ich meine, anders. Du sagst komische Sachen.«

»Magst du Bob Dylan? Der ist anders. Wenn Cash ein Engel ist, dann ist Dylan … ich weiß nicht … Er ist nicht nur ein Genie, verstehst du?«

Zoltán nickte einfach. Peti hatte irgendwo eine Kassette von ihm. Der Typ auf dem Cover war schmächtig, mit großer Nase, die Haare ein Problem, Zigarette im Mundwinkel, er wirkte müde und abgefuckt.

»Dylan ist einfach so«, Aranka schaute auf die Linien ihrer linken Handfläche, als suchte sie die richtigen Worte dort, »sexy.«

»Ist der nicht schon tot? Der hat Country gemacht, oder?«

Aranka rutschte ein Stück auf dem Tisch von ihm weg, um ihrem staunenden Blick mehr Wirkung zu geben. »Country? Oje. Sag mal, Zoli … Die Beatles? Velvet Underground?«

Zoltán hob die Schultern. »Das ist so was wie Queen, oder?«

»Queen!?« Sie vergrub verzweifelt den Kopf in ihren Händen. »Zoli, auf welchem Planeten lebst du?«

Zoltán wusste nicht, was er sagen sollte. Er starrte auf den Fleck in seinem Schoß und kam sich blöd vor. Am liebsten hätte er zurückgefragt: ›Und auf welchem lebst du?‹ Sein Planet war vielleicht nicht der hipste im Universum, aber wenigstens lebte man dort in der Gegenwart. Überhaupt … Szeged … das war auch nicht gerade New York oder Tokio …

»Hey, Zoli.« Sie rückte näher. »Ich hab's nicht so gemeint, o. k.?« Aranka legte ihren Arm um seine Schulter. »Aber Nirvana kennst du, oder?«

»Klar, bin ich blöd?«

Sie lächelte. »Na, siehst du. Das gibt einen Punkt.«

»Danke.« Zoltán schüttelte ihren Arm ab. »Und wozu? Bei fünf Punkten krieg ich noch 'nen Kuss, oder was?« Sein Blick traf hart auf ihren. »Und bei hundert Punkten …«

»O. k. Vergiss es.« Sie stand auf und machte einen Schritt zur Hintertür.

Zoltán hielt sie am Ärmel fest. »Warum hast du mich geküsst? Vorhin.«

»Ich hab dich nicht geküsst.«

»Doch, hast du, hier am Hals.« Zoltán zeigte auf die Stelle.

»Zoli, ich war traurig.«

»Ist das der Grund? Und ich? Bin ich etwa glücklich?«

»Nein, das ist nicht der Grund.« Sie machte ihren Arm los, streckte den Rücken durch. »Und doch. Ja. Es war auch der Grund.« Sie überlegte, die Falte zwischen ihren Brauen wurde wieder tiefer. »Du hast mir leidgetan.«

»Leidgetan?«

»Das mit deinem Vater.«

»Scheiße …« Zoltán schüttelte den Kopf. Es war, als bröckelte der Boden, söge ihn samt Küchentisch in die Tiefe.

Arankas Hand berührte seine Schulter. Zoltán schlug sie weg. Er spürte, wie seine Augen feucht wurden. Er ballte die Fäuste, dass die Knöchel weiß hervortraten. Seine Unterarme schmerzten von der Spannung, gut fünfzig Bahnen war er heute geschwommen.

»Zoltán«, sie versuchte, seinen Blick zu fangen, »du verstehst nicht …«

Zoltán senkte den Kopf.

Arankas Stimme klang weich und ein wenig entfernt. »Meine Mutter … sie wird auch bald sterben. Auf jeden Fall wird sie nicht alt.«

Zoltán blickte auf. »Was?« Seine Fäuste lösten sich.

»Sie liegt im Bett, gerade jetzt, zwei Türen weiter. Neben dem Bett steht ein großer Koffer, eine Maschine, eine Heimdialyse, die reinigt ihr Blut. Manchmal muss ich die Kanüle neu stechen, und jedes Mal die Behälter mit destilliertem Wasser füllen und alles.« Ihre Zähne bissen aufeinander, die Haut um ihre Augen spannte sich. »Ich kann einfach das verfickte Summen der Maschine nicht mehr ertragen.«

»Und darum sitzt du draußen?«

Sie nickte.

»Was ist das, Dialyse? Was ist das für 'ne Krankheit?«

»Die Nieren sind hinüber, und ihr Herz ist angegriffen. Sie hat schon eine Niere gestiftet bekommen, von einem Onkel, das hat nicht funktioniert.« Aranka hob ihren Pulli. Die sanfte Ebene ihres weißen Bauchs war übersät mit hellen Sommersprossen. Sie drehte die Hüften nach rechts und links, ihre Finger zeigten Zoltán, wo die Nieren sitzen. »Jetzt will sie eine von mir.« Sie ließ den Pulli sinken. »Aber ich will nicht. Sie hasst mich dafür. Aber ich will nicht.«

Zoltáns Lippen kribbelten, er schaute Arankas Bauch, ihre Hüften an. Er dachte an Küssen und dachte an Organe, an glibberiges Zeug in Tiefkühltüten.

»Sie sagt, ich lasse sie hängen … ihr eigenes Fleisch und Blut.«

»Und dein Vater, kann der nicht …?«

»Sie lassen sich scheiden. Er bleibt in Szeged.« Sie strich ihren Pulli glatt. »Er hat da eine neue, gesunde Frau.«

Zoltán streckte seine Hand nach ihrer Schulter aus. Arankas Blick ließ ihn zurückzucken.

»Ich will ihr helfen, dass sie gesund wird, verstehst du? Aber ich bin einfach nicht ihr verficktes Ersatzteillager!«

Zoltán wusste nicht, was er sagen sollte.

Aranka atmete hörbar aus. Die Haut um ihre Augen entspannte sich, ihr Blick glitt auf die Fotos über der Spüle. »Das ist dein Vater, oder?«

Zoltán nickte.

»Er sieht nett aus … Du siehst ihm ähnlich.«

Dienstag, 12. 12., spätabends

Jemand hat das Graffito vor der Haltestelle übermalt. Jeden Tag bin ich daran vorbeigekommen, habe es gelesen und mich gefreut. ›LIEBE KOMMT!‹ Nun ist es ordentlich mit weißer Farbe überpinselt. Die zehn Buchstaben sind verschwunden, nur das Ausrufezeichen schimmert noch durch. Ich war den ganzen Tag wütend. Über alles hier. Ich will zur Schule, ein normales Leben. Manchmal stelle ich mir vor, ich bin tot und alle anderen laufen weiter rum. Alles geht trotzdem weiter ... dann bin ich wütend, dass jemand Musik hört, küsst und verreist und wasweißich macht, während ich tot sein muss.

~~~~

Ich habe die Wohnung nach dem Abendessen nicht mehr ausgehalten. Die Wände sind feucht. Der große Heizkörper in meinem Zimmer pfeift, gluckert und stöhnt, als würde ich im Bauch eines Schiffs oder so wohnen.

Um halb neun bin ich noch mal rausgegangen, ein Stück zum Kanal spaziert, habe eine geraucht. Hinter der Straße, auf dem Grünstreifen, kniete jemand. Als ich näher kam, habe ich erkannt, es war ein kleiner Junge, vielleicht fünf, höchstens sechs Jahre. Es war dunkel, und auf der Straße war niemand mehr. Vor dem geschlossenen Supermarkt kehrte jemand den Müll zusammen. Der kratzende Besen und das Rauschen der Autobahn waren die einzigen Geräusche. Ich ging langsam auf den kleinen Jungen zu und wunderte mich, was er um die Zeit alleine draußen machte. Ich sah, dass er neben einem schwarzen Hund kniete. Er streichelte ihn. Als er mich bemerkte, blickte er kurz auf. Er fragte: »Wie heißt der?« Ich sagte: »Weiß ich nicht.« Er hörte auf, den Hund zu streicheln, sah mich ein paar Augenblicke an und fragte ungläubig: »Woher weißt du das nicht?« Ich habe die
~~~~

Frage erst nicht verstanden, wusste nicht, was ich sagen soll. Dann zog der Mann vor dem Supermarkt die Ketten durch die leeren Fahrradständer. Der Hund erschrak von dem Geräusch und lief zum Kanal. Noch vor den Büschen schluckte ihn das Dunkel. Der Junge rannte hinter ihm her. Ich rief: »Warte!« Doch er verschwand in der Richtung, in der der Hund verschwunden war. Ich sah mich um, irgendwo mussten die Eltern sein. Doch niemand. Mir wurde unheimlich. Ich habe Panik gekriegt und bin nach Hause gelaufen. Ich habe es M erzählt, sie sagt, ich soll mir keine Sorgen machen. Viele Kinder stromern hier herum. Aber der Junge war noch so klein ...

›Woher weißt du das nicht?‹ Erst jetzt verstehe ich die Frage: er muss gedacht haben, dass mir der Hund gehört. Auf ›Woher weißt du das?‹ hätte ich sagen können: ›Es ist meiner.‹

~~~~

Lass den Jungen gut heimkommen.

Lass jemanden ein neues ›LIEBE KOMMT!‹ sprayen.

Lass mich gut träumen heute Nacht.
~~~~

Es dämmerte bereits. Zoltán trieb sich im Hof herum. Ein leichter Schneeregen fiel und nässte die Schultern an seinem Parka durch. Es war still im Hof, die Geräusche gedämpft, nur die patschenden Schritte seiner Turnschuhe zum ewigen, entfernten Rauschen der Autobahn. Zoltán wischte sich durchs Gesicht. Seine Wangen brannten. Er hatte sich rasiert, heute Mittag, zum zweiten Mal überhaupt, und zum ersten Mal mit dem Rasierzeug seines Vaters. Zoltán hütete die Sachen seines Vaters in einem Schuhkarton. Die blaue Zahnbürste, den Kamm aus Horn und die flache Digitaluhr, die im Spind den Unfall überstanden hatte. Die Batterie funktionierte immer noch. Die gebrauchten Rasierklingen hatte Zoltán sich damals aus dem Müllkorb im Bad geholt. In dem Kamm seines Vaters hing noch ein dunkles Haar. Den neuen Fotoapparat hatte damals Peti bekommen.

Zoltán starrte auf den Streifen Licht unter der Hintertür der 37. Die nassen Schneeflocken landeten juckend auf seinen Wangen, wuschen den Geruch des Rasierwassers ab. Sowieso duftete der Rest in dem Fläschchen nicht mehr wie früher, an den Wangen seines Vaters. Nun, da der Alkohol verflogen war, roch es irgendwie ranzig. Aber wenigstens desinfizierte es die Wunden. Jeder Pickel hatte ein blutiges Bläschen hinterlassen. Die Klingen waren krumm und abgenutzt. Und Zoltán wusste nun, warum sich Peti lieber elektrisch rasierte und das alte Rasierzeug ihres Vaters ›Massakrierzeug‹ nannte. Ein Blick auf das Schlachtfeld im Spiegel reichte. Die Wunden waren zum Glück so rasch verheilt, dass Zoltán sich wieder in den Hof traute. Denn noch viel größer als jede Scham war der Wunsch, sie zu sehen …

Der Himmel zum Stadtrand hin färbte sich schwarz. In der anderen Richtung, über der Stadt, reflektierten die Wolken ein graugelbes Schimmern. Das unauslöschbare Leuchten der Stadt. Reklametafeln, das Licht des Autoverkehrs. Eine Stadt ohne Sternenhimmel, in der es nie richtig Nacht wurde.

Es nieselte weiter nasse Flocken. Anscheinend gab es seit einer Woche bei Petrus das beschissene Wetter im Angebot. Und irgendein Idiot hatte auch reichlich davon bestellt.

Arankas Fenster war dunkel, die Rollos halb unten.

Zoltán beschloss, sich im Keller aufzuwärmen. Er könnte den Parka kurz in den Trockner tun und mit gewärmten Schultern weiter warten. Keine schlechte Idee. Auch die Turnschuhe waren durchgesifft.

Er nahm den Kellereingang von Blau. Nach dem schmalen Vorraum, in dem die Blechschränke mit den Nummern der einzelnen Wohneinheiten standen, kam ein Stückchen Gang, das völlig dunkel war.

Zoltán ging langsam, schloss die Augen und streifte mit der ausgestreckten Rechten am Beton entlang. Er spürte die Risse, die Tropfen vom Schwitzwasser, die Gummifugen zwischen den einzelnen Betonblöcken.

Im Gang erklang ein helles Husten.

Zoltán öffnete die Augen und erkannte schemenhaft eine Gestalt. Der schwarze Umriss wandte sich in Zoltáns Richtung. Er konnte den fremden Blick spüren. Durchs Dunkel schauten sie einander an. Dann flammte ein Streichholz auf, und die Spitze einer Zigarette glimmte. Drei, vier Schritte von ihm entfernt. Zoltáns Atem stockte. Das Streichholz fiel brennend zu Boden, erlosch knirschend unter einer Schuhsohle.

Zoltán schluckte. »Hallo. ’n Abend.«

Ein leises Kichern.

»Wer ist da?«

»Das bist du, Zoli, oder?«

»Aranka?«

»Ahoi.«

»Was treibst du hier?«

»Rauchen. War zu nass draußen.«

»Hast du keine Angst?«

»Nein, wovor?«

Die Zigarette glühte auf, leitete Zoltán durchs Dunkel. Aranka kam ihm einen Schritt entgegen. Er roch den Qualm, der sie umgab – sie wahrscheinlich sein Rasierwasser.

»Wovor sollte ich hier Angst haben?« Sie streckte tastend ihre Hand aus, berührte Zoltáns Schulter. »Nur weil es dunkel ist?«

»Nein, weil der Typ sich hier rumtreibt ...«

»Der Vergewaltiger? Fang du nicht auch noch an.«

Zoltán hörte, wie sie seufzte, es klang halb ernst, halb gespielt.

Aranka lehnte sich mit dem Rücken an die Wand, zog Zoltán zu sich. »Du bist klitschnass.«

»Ich war im Hof.«

Noch einmal kicherte sie. »Du hast nicht zufällig auf jemanden gewartet, oder?«

Zoltáns Hand suchte nach ihrer. »Und wenn?«

Ihre Hände fanden sich. Aranka zog ihn ganz nah. Zoltán spürte ihren warmen Atem. Ihre Haarspitzen kitzelten, streiften, als schüttelte sie den Kopf, Zoltáns Wangen. »Du stinkst ein bisschen, Zoli.«

»Das ist Rasierwasser.«

»Rasierwasser. Ach so.« Wieder Kichern.

»Hast du was getrunken?«

Dunkelheit. Stille. Ihr Atem.

»Nee. Und du … hast du dich rasiert?«

Zoltán spürte einen Kuss auf seiner Wange.

»… ist schön weich … aber stinkt trotzdem …«

Sie hielt die Zigarette mit ihrer Linken, den kleinen glühenden Punkt, während die Rechte sich in Zoltáns Hand schmiegte.

Sie schwiegen.

Arankas Handrücken presste sich fest gegen seinen, dann noch fester, bis es weh tat. Ihr Atem ging schneller. Dann verhakte sich ihr kleiner Finger mit seinem. Das Gelenk in Zoltáns Finger knackte. Ihre Ringfinger verhakten sich. Dazu die Mittelfinger. Zeigefinger. Aranka küsste ihn. Sie lehnte sich an ihn, drückte Zoltáns Hand gegen die Wand. Der raue Beton kratzte die Knöchel auf. Arankas Zungenspitze glitt langsam um seine Mundwinkel. Ihr Speichel schmeckte süß, nach Mandeln, und ein wenig nach Qualm. Sie atmete in seinen Mund, ihre Zunge berührte seine. Einen Moment erstarrten sie. Ein Standbild, das nur Dunkel zeigte. Dann zog die feuchte und warme Spitze ihrer Zunge sich zurück. Aranka löste den Druck ihrer Hand, ließ Zoltán los. Sie öffnete seinen Parka. Zoltán schob eine Hand unter ihren Pulli. Ihr Bauch war warm, rund und klein. Der enge Bund ihrer Jeans versperrte Zoltáns Fingern den Weg nach unten. Die Zigarette fiel zu Boden, lag im Staub zwischen ihren Füßen wie ein einsames Glühwürmchen. Arankas Körper spannte sich unter dem Streicheln seiner Hand. Sie hielt den Atem an. Die Muskeln unter ihrer weichen Haut bewegten sich. Am Ende des Gangs wummerten leise und monoton die Waschmaschinen. Zoltán streichelte ihre Hüften. Das Mädchen wich kaum merklich vor der Berührung zurück. Zoltáns Hand wanderte hinauf zur weichen Wölbung ihrer Brust.

»Nein!« Sie drückte Zoltán von sich weg.

Er zog die Hand zurück. Eine Naht an ihrem Pulli knackte. Zoltán atmete schwer, sein Herz pochte ungleichmäßig.

Sie hörten Schritte. Ein Schlurfen. Ein Wäschekorb kratzte im Dunkel am Beton entlang.

»Komm.« Zoltán zog sie in die andere Richtung, zum Vorkeller.

Sie stießen die Tür auf, das Neonlicht summte. Sie mussten blinzeln. Die gleißende Helle ließ sie beide blass wie Leichen aussehen. Einen stillen Moment schauten sie einander ins Gesicht. Und Zoltán entdeckte im Blick des Mädchens sein eigenes Gefühl, die gleiche verwirrte Scham darüber, dass sie einander kaum kannten.

»Komm«, Zoltán zog sie weiter, »hier hinter die Schränke.« Zwischen den Blechschränken war eine Öffnung, ein breiter Spalt. Auf beiden Seiten waren die Schränke verkratzt. Es roch nach Pisse.

»Das stinkt, Zoli. Was wollen wir hier?«

»Das stinkt nur hier vorne. Komm weiter, ich zeig dir was.«

Aranka schüttelte den Kopf. »Ich will zurück. Nach oben.«

»Komm, nur kurz.« Zoltán zwängte sich schräg durch den Spalt und warf Aranka einen Blick zu, der bat, ihm zu folgen.

Aranka hielt ihre Nase zu, schob sich ebenfalls hindurch. Hinter den Schränken war ein Hohlraum. Es roch nach ... nicht nach Pisse ... besser ...

»Was ist das? Wonach riecht das hier?«

»Kirschlikör.« Zoltán hielt die Flasche in den Streifen Neonlicht, der durch den Spalt fiel. »Hier ist noch mehr. Auch Schnaps und Zigaretten.«

»Was für ’ne Marke?«

»Ich glaub, Marlboro. Hast du Licht?«

Aranka riss ein Streichholz an. Die schwache Flamme warf flackernde Schatten an die Wand. In der Ecke des Hohlraums lag eine große Keksdose. Ihr Deckel war an den Rändern von Rost zerfressen, der Rest des bunten Blechs zeigte Schneemänner, Kinder mit Schlitten und Christbäume.

Zoltán holte die Dose ins Licht. Er beugte sich zu Arankas Hand und blies das Streichholz aus. Er hielt den Finger an die Lippen, flüsterte. »Das ist ein Versteck hier. Schau.« Zoltán öffnete die Dose, in der zwei Schachteln Zigaretten und ein Tiefkühlbeutel mit Tabletten lagen.

»Ist das dein Zeug?«

»Nein.« Zoltán lächelte. »Das gehört einer Frau von gegenüber, aus Grün. Sie kriegt ein Baby. Ihr Mann will darum nicht mehr, dass sie raucht oder trinkt. Sie versteckt es hier. Sie kommt nur morgens. Ich weiß nicht, warum, aber ich schätze, dann ist ihr Mann auf Arbeit.«

»Das ist traurig.« Aranka nahm die Tüte mit den Tabletten heraus und besah sie von nahem. Es gab kleine graue Pillen, längliche blaue, mit einem Ritz in der Mitte, und eine einzelne Kapsel, die halb braun, halb gelb war. »Was ist das für Zeug? Das sieht nicht gut aus. Das arme Baby …«

»Magst du? Die war noch nicht angebrochen.« Zoltán hielt ihr den offenen Kirschlikör hin.

Aranka nahm einen Schluck. »Uh, Scheiße-süß.«

Zoltán setzte die Flasche an, trank und reichte sie zurück. »Ja, aber lecker, oder?«

»Muss mich gewöhnen.«

Sie leerten die Flasche zur Hälfte. Der duftende und zuckrige Likör füllte Schluck für Schluck etwas Wärme in ihre Mägen.

»Es stinkt noch immer …« Arankas Nase kräuselte sich.

»Mein Rasierwasser?«

»Nein, du Spinner, die Pisse.« Sie senkte lächelnd den Kopf, so dass das Haar ihr Gesicht verbarg. Zoltán strich es ihr zur Seite, hinter die Ohren zurück. Arankas Blick wurde schmaler, doch sie protestierte nicht. Einen Moment ließ Zoltán seine Hand im Haar an ihrem Nacken liegen. »Geh einen Schritt vom Spalt weg.«

Aranka machte einen Schritt ins Dunkel, griff nach der Flasche und nahm noch einen kräftigen Schluck.

»Siehst du, hier riecht es nicht mehr so.« Er fummelte das Gummi ab, mit dem die Tüte verschlossen war. »Weißt du, warum es so nach Pisse riecht?«

»Lass mich raten: Weil hier jemand hingepisst hat?«

»Frau Dreimalklug.« Zoltán prostete ihr zu und trank den Rest vom Likör aus. »Aber weißt du auch, warum?«

Aranka setzte ihr süßestes Lächeln auf. »Weil ihr Männer wie die Hunde überall hinpissen müsst?«

Zoltán lächelte zurück, die Lippen klebrig vom Likör. »Das ist Frauenpisse, Schätzchen.«

Aranka quittierte das ›Schätzchen‹ mit einem leichten Fausthieb auf seine Brust.

»Sie pisst hier vor den Spalt, zwischen die Schränke, verstehst du?« Zoltán deutete nach draußen. »Sie kommt hierher, trinkt und raucht, nimmt die Tabletten, und bevor sie geht, pullert sie dahin.«

»Und warum?«

»So kommt hier keiner rein. Alle machen um die Ecke einen großen Bogen.«

»Und du?« Aranka lachte. »Dich zieht die Pisse an, oder was?«

Zoltán machte eine Faust, um auch sie auf die Brust zu stupsen, doch er merkte, wie Aranka wieder ein wenig zurückwich. »Ich fasse dich nicht an, keine Angst … nicht, wenn du nicht willst …«

»Ich hab keine Angst, Zoli. Das ist es nicht.« Sie hob die Schultern und nahm Zoltán den Likör aus der Hand. Sie hielt die Flasche ins Licht. »Schon leer?«

Zoltán bückte sich. »Hier ist noch was.« Es war Weinbrand, die Flasche halbvoll. »Der ist gut, den hab ich schon mal probiert.«

»Kriechst du hier oft rein?«

»Nein. Aber früher war es mal Petis Versteck.«

»Dein Bruder?«

»Ja. Er ist abgehauen. Mit seinem Mädchen. Nach Deutschland. Hat da 'nen Job. Der kommt nicht wieder. Nicht in tausend Jahren.« Er roch am Flaschenhals, hielt ihn Aranka hin. »Ist auch egal. Riech mal, ist lecker. Ein bisschen stärker.«

Aranka öffnete den Mund. Zoltán setzte ihr die Flasche an und hob den Boden langsam, bis die braune Flüssigkeit Arankas Lippen erreichte. Aranka trank und blickte ihm dabei in die Augen. Es hatte etwas von Versöhnung, Entschuldigung. Zoltán wollte sie noch einmal küssen, noch einmal wenigstens die weichen Lippen, die feuchte Neugierde ihrer Zungenspitze spüren. Ihren Atem in seinem Mund. Doch gerade das Vertrauen, das ihr Blick ihm nun schenkte, die Freundschaft, die darin lag, machte Aranka unerreichbar.

Sie trank zu viel, Zoltán zog ihr die Flasche weg. Er fischte sich eine der Tabletten aus der Tüte, eine der blauen, schluckte sie und spülte mit dem Weinbrand nach.

»Bist du verrückt!?«

»Das sind Psychotabletten ...« Zoltán nahm noch einen Schluck, da die Tablette rau auf halber Strecke in seinem Hals hing. »Die machen nur glücklich.«

»Glaub ich nicht.«

»Die hat der Arzt ihr verschrieben. Ist doch klar, weil sie depressiv ist, wegen dem Baby und ihrem Mann ...«

»Und woher willst du das alles wissen?«

»Von Árpi, der wohnt auf ihrem Stockwerk. Er hat's mir erzählt.«

»Árpi ...« Aranka verdrehte die Augen. Dann verdüsterte sich ihr Gesicht. Jener plötzliche Ausdruck von Schmerz, jene Falte zwischen den Bögen ihrer Augenbrauen kehrte zurück. Zoltán beugte sich vor und küsste die Stelle an ihrer Stirn. Er pustete darauf. Doch das Traurige in ihren Augen blieb.

Sie flüsterte: »Weißt du, manchmal stell ich mir vor, ich bin tot und alle laufen weiter rum. Alles geht trotzdem weiter ... Dann werde ich wütend, dass jemand Musik hört, küsst, verreist oder irgendetwas machen darf, während ich tot sein muss ... Kennst du das?«

»Weiß nicht.« Zoltán überlegte. »Das ist gut aber, glaub ich. Das heißt doch nur, dass du gerne lebst.«

»Meinst du?«

»Klar.«

»Gib mir auch eine.«

»Was?«

»Eine Tablette, eine von den blauen.«

Er zögerte.

Aranka griff sich die Tüte, drehte sich zum Licht und fummelte eine der Tabletten heraus. Sie legte sie auf ihre Zungenspitze.

Zoltán schaute in ihren Mund. Es war sehr rosa darin. Zoltán spürte die Wirkung der Tablette einsetzen. Eine wohlige Wärme, das schummerige, weiche Gefühl des Alkohols. Arankas offener Mund war eine herrliche Höhle. Die kleinen Zähne wie zwei Reihen aus glänzenden Tropfsteinchen.

Aranka schloss den Mund und schluckte.

Zoltán reichte ihr den Weinbrand. Er ließ die Arme hängen und fühlte seine Schultern schwer werden, entspannen.

Die Kellertür schlug jenseits der Schränke zurück ins Schloss. Schritte schlurften vorbei. Zoltán zog Aranka vom Spalt weg. Jemand summte eine Melodie, einen Tango.

Aranka wartete, bis das Echo der Schritte verschwunden war, und spülte, wie Zoltán es getan hatte, mit dem Weinbrand nach.

Sekunden vergingen, die wie lange Minuten waren. Mit jedem Atemzug wurde es hell, dann wieder dunkel vor Zoltáns Augen.

»Spürst du das auch?« Aranka öffnete die Lippen zu einem stummen O. Ihr Mund machte eine langsame und zähe Bewegung, die Zoltán an das Atmen von Fischen erinnerte. Auch seine Wangen, seine Gesichtsmuskeln fühlten sich schwammig an, wie weicher Schaumstoff.

»Wie alt bist du, Zoli?« Arankas Stimme lallte leicht.

»Fast sechzehn, wieso?«

»Also, fünfzehn. Ich bin zwei Jahre älter, verstehst du? Darum geht das nicht.« Sie sah ihm ruhig in die Augen. »Wie Mathematik ... ist nicht zu ändern. Verstehst du?«

Keine Antwort.

»Bitte, schau mich nicht so an, Zoli. Bitte, schau nicht so traurig.« Sie drehte sich noch einmal ins Licht, hob langsam ihren Pulli hoch und zeigte Zoltán ihre Brüste. »Nur anschauen.« Sie flüsterte: »Nur schauen. Nicht anfassen.«

Zoltán betrachtete sie still. Ihre Brüste waren klein und rund. Die großen Brustwarzen blass, umgeben von einzelnen Sommersprossen, die ihren Brüsten etwas Fröhliches gaben.

»... und wie findest du sie?«

»Sie sind unendlich schön.«

»Du weinst ja, Zoli.«

»Nein.«

»Doch.« Sie ließ den Pulli sinken und wischte Zoltán eine Träne weg. »Komm. Es wird Zeit. Wir gehen hoch. Ich muss nach meiner Mutter schauen.«

Zoltán kramte in seinen Hosentaschen nach dem Korken vom Weinbrand, aber fand ihn nicht. Die linke Tasche seiner Jeans war feucht. Sein steifes Glied beulte sie aus. Er fand ein Geldstück, ein zerknülltes Tempo.

Aranka kicherte. »Was wird das, Taschenbillard?«

»Du bist blöd.«

Sie gab zur Antwort einen Luftkuss.

Zoltán stellte die Dose und die Flaschen zurück in die dunkle Ecke.

Aranka schob sich zwischen den Schränken hinaus. Zoltán beugte sich schnell noch einmal zurück, nahm das Tütchen mit den Tabletten und stopfte es in seinen Parka. Er folgte Aranka zur Treppe. Sein leichter Gang, seine Schritte hatten etwas von Schweben, als hingen Seile an seinen Schultern, zögen ihn hoch.

Sie traten hinaus in den Hof. Die Welt war weiß.

Aranka ließ seine Hand los.

Dicke Flocken schwebten in der Luft. Der ganze Hof war unter glitzerndem Neuschnee versunken. Es war still, selbst das Rauschen der Ringautobahn verstummt. Die weiße Pracht schluckte die Geräusche.

»Ist das echt?« Aranka reckte die Hände in den Himmel. »Wow …«

Zoltán öffnete den Mund, fing eine Flocke auf seiner Zungenspitze.

Sie hörten Glöckchen. Ein helles Klingen. Zoltán schüttelte den Kopf. Die hellen Glöckchen blieben, ihr Klang kam näher.

»Hörst du das auch?«

»Ja. Das ist schön.«

Es war, als hörten sie die Schneeflocken klirren, aneinandergeschlagen. Dann bellten Hunde. In die eisige, frische Schneeluft mischte sich ein strenger Geruch, ein Gestank nach Toilette und nassem Fell.

Zoltáns Blick versuchte, den dichten Vorhang der tanzenden Flocken zu durchdringen. Vergeblich.

Dann erklang zu den Glöckchen ein sehr irdisches Geräusch, ein Tappen wie von tausend Fußsohlen.

Aranka rannte vor zur Straße.

»Warte!« Er rannte ihr nach.

Sie schlitterten.

»Zoli, schau!« Sie deutete hinaus in die weiß durchwehte Dämmerung. Obwohl die Flocken das Licht aus den Fenstern verdeckten und die Laternen kaputt waren, schien die verschneite Nacht doch deutlich heller als der Abend.

Aranka sprang über die Straße, rutschte, Zoltán stützte sie, rutschte selber aus. Sie lachten, hielten einander. Ihnen schwindelte. Ihr Atem ging schnell und tief. Die Luft schnitt eisig in ihre Lungen. Arankas Lachen musizierte zu dem tappenden Rhythmus, dem Klang der Glöckchen. »Schau doch!«

Auf dem Brachland gegenüber dem Block bewegte sich etwas, drängten sich Hunderte flache, mit Fell und Schnee bedeckte Körper.

»Schafe!«

»Eine ganze Herde!«

»Scheiße … die sind echt.«

Aus den Mäulern der eingeschneiten Tiere stieg Dampf.

Aranka streckte ihre Hände wie eine Siegerin zum Himmel. Im leuchtenden Rot ihrer wirren Haare fing sich der Schnee. »Na klar sind die echt! Was denkst du denn?« Sie strahlte.

Verlieben

Well my ship's been split to splinters and it's sinking fast
I'm drowning in the poison, got no future, got no past
But my heart is not weary, it's light and it's free
I got nothing but affection for all those who've sailed with me

Bob Dylan

Donnerstag, 22.12., spätabends

Noch immer Schneeregen. War heute Morgen in der Stadt, habe Bücher gekauft und eine Vase aus blauem Porzellan für M. Der Bus der Innenstadtlinie war krass überfüllt, so ein Gedränge, dass ich Angst um die Geschenke bekam. Dann stieg tatsächlich noch so ein schmieriger Typ zu und holte die Armbinde raus. Fahrscheinkontrolle. Eine alte Frau, die ausstieg, reichte mir schnell ihren Fahrschein. Sie zwinkerte mir zu & es fühlte sich an wie Weihnachten. Der Kontrolleur zwängte sich durch, immer nah an den Frauen, und kontrollierte aber nur die Leute, die nach Touristen aussahen. Ich hielt mein Ticket hin, es interessierte ihn nicht.
Als ich ausstieg, sah ich vor der Haltestelle unter dem Schneematsch rote Buchstaben. Sie waren gestern noch nicht da. Jemand muss sie über Nacht gesprüht haben. Ich habe die Worte mit der Schuhsohle freigekratzt. ›LIEBE KOMMT ... TROTZDEM!‹

~~~~

Zu Hause lese ich ›Babycakes‹, den fünften Teil von ›Tales of the City‹. Es ist der beste bisher. I love it. Ich hatte Zoltán von den ersten Teilen erzählt. Er hatte lächelnd den Kopf geschüttelt und nur gemeint, ich würde irgendwie am falschen Ort zur falschen Zeit leben. Er hat mich angeschaut mit seinen traurigen braunen Augen, und einen Moment lang hatte er unrecht: Einen Moment lang habe ich wirklich am rechten Ort zur rechten Zeit gelebt. Er schaute auf seine Hände, verdeckte die dreckigen Fingernägel. »Du müsstest«, er stockte, an seiner Stirn konnte ich sehen, wie es dahinter arbeitete, »weit weggehen.« Er ist nicht glücklich. Gleichzeitig beneide ich ihn um vieles, um seine Mutter, darum, wie ruhig er es hier aushält. Er spricht kein Wort über seine Mutter oder seinen Bruder, aber ich kann spüren, dass er sehr an ihnen
~~~~

hängt. Er spricht auch wenig über seinen Vater. Ich weiß nicht, was ihn interessiert, nur schwimmen, aber wie soll man sich darüber unterhalten? Ich merke auch, dass er nicht mag, dass ich rauche. Ich seh's jedes Mal an seinen Augenbrauen.

~~~~

Am Nachmittag war ich schon fast mit ›Babycakes‹ durch. Mein Englisch wird wirklich besser, langsam kenne ich auch all die Sexwörter. M meinte am Abendtisch, ich wäre hart geworden. Klang wie ein Vorwurf, und ich glaube, sie meinte, meine Art zu reden. Manchmal rutscht es mir einfach raus. Ich mag es selbst nicht. Ich glaube, es ist wegen allem hier. Wer in dem Slum hier Gefühle zeigt, hat irgendwie schon schlechte Karten. Vielleicht übertreibe ich. Ich glaube, was Zoltán und mich verbindet: wir sind beide Einzelgänger. Desperados. Und wahrscheinlich (haha!) sind wir auch die Einzigen im ganzen Block, die keinen Fernseher haben …
Ich muss ihm unbedingt was von Cash aufnehmen.

~~~~

Der Kuli tut zwischen meinen Fingern weh. Heute Nachmittag fiel mir die frische Nadel runter. Die alte Kanüle war verklebt. Die Nadel kullerte unters Bett, und ich stach M eine neue. Ich habe sie angeschlossen, mich gebückt und unters Bett gegriffen. Ich habe den Boden abgetastet und mir die Nadel dumm genau zwischen die Finger gestochen, tief zwischen die Gelenke. Es hat wie Tier geblutet. M griff sofort mit der freien Hand in ihren Nachttisch und zog ein Taschentuch für mich heraus. Als sie's mir reichte, sah ich das Mäppchen mit den Kontoauszügen. Sie versteckt sie also hinter den Taschentüchern. Sie schob die Schublade wieder zu, schaute besorgt auf meine Hand. Ich ging aufs Zimmer, setzte mich aufs Bett und habe den Mund zwischen die Finger gepresst und gelutscht, bis es nicht mehr blutete. Es brannte und pochte nur noch. Als der Schmerz dann aufhörte, musste ich heulen. Etwas hat mir in dem Moment gesagt, ich soll zum Fenster rausgucken. Ich habe durchs Rollo gelugt, im Hof war Zoltán mit seinem Fahrrad. Es sah aus, als schaute er gerade zu mir.

~~~~

Ich habe ›Babycakes‹ ausgelesen und den Rest vom Abend überlegt, was ich machen soll.

Ich werde warten, bis sie morgen im Bad ist, und in den Nachttisch schauen. Ich will wissen, was mit den Auszügen ist. Das Geld vom Haus müsste doch drauf sein. Warum verheimlicht sie's vor mir? Ich käme doch eh nicht an das Geld ran. Aber vielleicht ist ja viel mehr auf dem Konto, als ich denke ...

V hat immer gespart. Kein neues Auto. Im Urlaub Camping. Ich weiß, dass sie keinen Ehevertrag hatten. Er hat oft, wenn M ihn ärgerte, darüber Witze gemacht. Und ich glaube, er hat später im Büro nicht schlecht verdient. Vielleicht durfte M das Geld trotz der Scheidung behalten.

Der Gedanke, dass wir vielleicht genug Kohle haben, um in einem eigenen Haus mit schönem Garten zu wohnen, vielleicht sogar noch mehr Geld, und dabei hier in dem Slum sitzen, ist zum Kotzen komisch.

Einen Moment lang musste ich an Zoltán denken. Doch dann war ich mir wieder sicher: morgen schaue ich in ihrem Nachttisch nach den Kontoauszügen. Morgen will ich es wissen.

~~~~

Lass mich gut träumen heut Nacht. Ich habe so lange nicht mehr gut geträumt.

Es waren Ferien, Heiligabend. Zoltán saß auf Petis Bett und schaute aus dem Fenster. Der gestrige starke Regen hatte die Abdrücke der Schafsklauen weggewaschen, die Reste von Scheiße und überfrorenem Schnee. Auch die letzten tiefen Wagenspuren der Zigeuner waren verschwunden. Heute hatte die Sonne ihr Bestes gegeben. Der Straßenmatsch war angetrocknet. Auf dem verwaisten Grünstreifen schien das zertrampelte gelbe Gras durch, und die Kiesel am Ufer glänzten.

Zoltán zog seine Unterhose hoch und hoffte, dass auch Heiligabend ein Dialysetag war: einer der Feiertage, an denen Aranka ihre Mutter an die Maschine anschloss und das mechanische Röcheln sie hinaustrieb. Zoltán putzte seine klebrigen Finger am Laken ab und verstand nicht, warum sich Aranka bloß an diesen Tagen draußen sehen ließ. Sowieso – was sie machte, den Tag lang – doch nicht nur lesen und Musik hören. Ob sie auch an ihn dachte?

Der Himmel blutete unten aus, das Abendrot versickerte kalt am Horizont.

Manchmal schien sie ihn zu mögen. Zwischendurch. Kurz darauf aber verhärtete sich meist ihr Blick, und diese kleine Falte zwischen ihren Brauen erschien. Ihr Gesicht wurde undurchschaubar, und Zoltán wusste überhaupt nichts mehr.

Die Krähen stocherten im Müll am Straßenrand, in den zerrissenen Tesco-Tüten, die in den Büschen am Ufer hingen. Die harten Schreie ihrer Schnäbel spalteten die Luft. Kra-kra-kra. Kra-ran-kra. Kra-ran-ka. A-ran-ka. A-ran-ka.

Zoltán hatte sich gestreichelt und dabei an sie gedacht, seinen warmen Samen auf ihrem sommersprossigen Bauch verrieben. Die

Zeit vor ihrem Einzug kam ihm unwirklich vor. Nur Petis leeres Bett und die drei Postkarten über der Spüle bewiesen, dass der letzte Sommer kein Traum gewesen war. Kein Alptraum. Sie sprachen nicht mehr über Peti, der keine Karten mehr schrieb. Doch das Verstummen verfolgte Zoltán, der Gedanke an seinen Bruder hielt sich hartnäckig wie Zahnschmerzen.

A-ran-ka. A-ran-ka.

Die Krähen schrien sich in den Schlaf.

Dann, mit dem letzten Schimmer Sonnenlicht, verstummten auch sie.

Durch die dünne Wand drang das vertraute Klappern von Geschirr und Besteck. Die Königin deckte den festlichen Küchentisch. Die ganze Wohnung roch nach Rotkohl. Wenn das Klappern des Geschirrs nicht trog, legte sie mehr als zwei Teller auf. Es würde Klöße geben, wie jedes Jahr, und im Ofen war, wie jedes Jahr, ein Gänsebraten.

Zoltán sorgte sich um seine Mutter. Petis totales Verschwinden ließ sie noch fester glauben, dass ihr Sohn Heiligabend nach Hause kam.

Es war der 24. Dezember. Zoltán schaute auf seine Armbanduhr, sie zeigte 19:31. Wo immer er auch steckte – Peti blieben keine viereinhalb Stunden mehr.

Zoltán bog die Matratze zur Wand hoch und fischte die Tüte mit den Tabletten hervor.

Es wurde finster draußen. Kein Abendrot mehr, bloß der violette Nachthimmel. Keine Sterne, bloß ein fernes Blinklicht. Ein Flugzeug oder Satellit.

Zoltán dachte an die vögelnden Kosmonauten, das Geheimprojekt, auch an die Einsamkeit im All. »Du Schwein …« Er sprach laut mit sich selbst, das hieß, er sprach mit seinem Bruder. Eine

Weihnachtskarte wenigstens hätte Peti … oder anrufen … es kam ja auch Post weg, gerade vor Weihnachten … Zoltán rieb mit einem Zipfel der Bettdecke die Digitaluhr blank. Die Uhr seines Vaters schlackerte ein wenig ums Handgelenk, ein, zwei Glieder vom Armband müsste man herausnehmen.

Ein Polizeiwagen fuhr vorbei, patrouillierte langsam. Es war das dritte Mal an diesem Abend. Der Wagen fuhr ohne Blaulicht, schien Runden zu drehen. Dabei liefen draußen nur noch die herrenlosen Hunde und ein paar mutige Katzen herum. Der ganze Wohnblock deckte Tische, hängte Süßigkeiten und Lametta an Christbäume, packte Geschenke ein und öffnete Wein- und Schnapsflaschen.

Aus dem Himmel der Engel, Zoltán summte die Melodie und streckte sich im Spiegel der Fensterscheibe auf der letzten Note die Zunge raus. Der Polizeiwagen hielt. Aus seinem Innern tastete der Finger einer starken Taschenlampe die Büsche am Kanal ab. Die schlafenden Krähen.

Zoltán nahm zwei der blauen Tabletten heraus und legte sie auf seine Zungenspitze. Er schloss den Mund, sammelte Spucke und schluckte. Die Polizei fuhr weiter.

Die Tabletten nahmen kratzend ihren Weg durch Zoltáns Brust. Außer den blauen hatte er noch keine probiert. Die blauen waren gut, genau richtig, wenn die Gedanken irgendwie festhingen, nicht mehr weiterführten, die Gefühle sich verhakt hatten. Bisher hatte er immer nur eine genommen. Doch heute war kein normaler Tag. Es war Weihnachten. Showdown für die Vorstellung von der heilen Familie.

Zoltán schaute auf die Uhr, den Wechsel der Ziffern. Nach fünf Minuten wurde sein Magen warm. Nach sieben Minuten kribbelten seine klebrigen Handflächen. Er wischte die Hände an der Matratze ab und schloss den Reißverschluss.

In der Küche zog seine Mutter das heiße Blech aus dem Ofen und legte es mit einem leisen Scheppern auf der Spüle ab.

Dann schlug die Wirkung der Tabletten durch, stärker als sonst. Das wohlige Kitzeln kroch vom Magen aus durch Zoltáns Körper. Seine Schultern wurden schwer und warm, zogen ihn hinunter aufs Bett.

Er entspannte sich und sagte, murmelte, summte, flüsterte ihren Namen, denn ihn auszusprechen, fühlte sich schön an, die drei ›a‹ lagen gut und rund im Mund. Zoltán betrachtete die Zimmerdecke. Zwischen den Stockflecken bildeten die Risse im Putz ein abgefahrenes Muster. Er erkannte darin einen Büffel, einen Mann mit hoher Stirn und Knollennase und so etwas wie Planeten und Monde. In der Ecke über dem Fenster sah er die Brüste eines Mädchens. Er begriff mit einem Mal, warum die Polizei patrouillierte. Es war heute nicht nur Heiligabend, sondern auch Samstag. Das hieß, morgen, in vier Stunden war nicht bloß ein heiliger Feiertag: der morgige Tag war auch der letzte Sonntag im Monat. Keine Mutter im Wohnblock ließ ihre Tochter morgen alleine raus.

»Zoltán!« Es klopfte. »Essen! Kommst du?«

Er stopfte die Tüte mit den Tabletten unters Kopfkissen. »Komme.« Es klang, als spreche jemand anderes aus seinem Mund, jemand, der in seinem Kopf und zugleich weit weg war.

»Sonst wird die Gans kalt. Und um zehn machen wir Bescherung.«

Zoltán stand auf und tat drei Schritte zur Tür. Er lief wie auf Watte, als würden seine Füße im Teppich versinken. Das Gefühl – nicht unangenehm. Das Gefühl – Arankas Augen – sie waren grün – grün wie frisches, feuchtes Gras. Die Tabletten machten Zoltán zum Poeten. Ihre Sommersprossen – auf ihren Brüsten –

wie Mondstaub. Mein Mondstaubmädchen – so würde er sie von nun an nennen. Ihr einen eigenen, neuen Namen geben. Und der Mond – er war vielleicht die Taschenlampe Gottes. Und der glitzernde Satellit – ein Diamant in seinem Knopfloch. *Aus dem Himmel der Engel* – das alte Weihnachtslied hatte recht – der liebe Gott hatte einen Engel auf die Erde geschickt. Die Tabletten brannten unter Zoltáns Brustkorb, sein Magen stieß auf, drückte säuerlich in seine Speiseröhre.

Er sammelte noch etwas Spucke, schluckte, dann erwischte seine Hand die Klinke und öffnete die Tür. Der Duft von Rotkohl und gebratener Gans umfing ihn wie etwas Greifbares. Zoltán stellte sich vor, ein Stückchen des Dufts aus der Luft zu schneiden, es für später, für Peti oder Aranka, aufzuheben.

Die Küchenlampe war gelöscht, auf dem Tisch brannten Kerzen. Neben den Tellern lagen Stoffservietten, strahlend weiß und gebügelt, genau wie die Spitzendecke, die nur zu Namenstagen und zu Weihnachten auf den Tisch kam. Ein Hochzeitsgeschenk von Zoltáns Großeltern väterlicherseits. Vom weißen Stoff der glatten Tischdecke ging ein eigenes Licht aus.

Zoltán setzte sich. Seine Mutter tat ihm auf. Sie trug zur Feier ihre beste Bluse, ihr Haar war gemacht, mit silbernen Spangen festgesteckt. Sie hatte Rouge aufgelegt. An ihren Schläfen glitzerten winzige Schweißtröpfchen.

Zoltán lehnte sich zurück, fühlte sich angenehm benommen, wie auf der sanften Schaukel zwischen Schlaf und Wachsein. Die volle Wirkung einer blauen Tablette hielt gut drei Stunden. Sie war sein Mondstaubmädchen. Mit der doppelten Dosis müsste er sicher über den Abend kommen. Zoltán aß, schaute auf die Kerzenflamme und merkte erst nach einer Weile, dass seine Mutter mit ihm sprach.

»… er eigentlich ganz anders als du gemacht. Auf jeden Fall haben sie ihn dabei nicht so gedrängt.« Seine Mutter legte die Gabel aus der Hand und schaute Zoltán an. »Schmeckt es? Es war doch so, oder?«

Er nickte. »Hm.«

Seine Mutter lächelte, aus ihren Augen sprach Mitleid. »Aber mach dir nichts draus, Zoli.«

Zoltán schüttelte den Kopf.

Ein kühler Wind zog durch die Ritzen der Hintertür, bewegte das Kerzenlicht, so dass es unruhige Schatten warf.

Sie aßen stumm.

Alles war weicher, leicht unscharf.

Die Messer kratzten auf den Tellern, und das Echo ihres rhythmischen Kratzens klang wie Musik.

Seine Mutter hatte eine Flasche Wein geöffnet, roten. Sie schenkte sich ein, nahm das Kristallglas, das neben Petis leerem Teller stand, und schob es Zoltán zu. Sie schenkte auch ihm ein wenig ein. »Zur Feier des Tages.« Sie hob scherzhaft den Zeigefinger. »Aber nur ein kleines Glas, hm?« Sie hielt ihm ihr Weinglas zum Anstoßen hin, dabei schien ihr Arm aus Zoltáns Sicht viel zu lang zu sein. Am Ende des Teleskoparms seiner Mutter glänzte der Kristallrand, wogte das pelzige Rot des Weins.

Zoltán atmete durch, griff konzentriert nach seinem Glas, streckte den Arm aus und fürchtete, damit das Ziel zu verfehlen. Doch die Ränder der Kristallgläser fanden einander mit dem Klang heller Glöckchen.

Seine Mutter zwinkerte ihm zu, nahm einen kleinen Schluck.

Zoltán setzte das Glas an seine Lippen, trank, der Rand vibrierte noch spürbar, und der helle Glockenklang fand seinen Weg über die Lippen, Zoltáns Zunge, seinen Rachen bis ins Innerste seines

Kopfs. In dem Moment, als der helle Ton an Zoltáns Schädeldecke schwappte, floss der Wein in seinen Magen. Oben und unten vereinten sich. Er schloss die Augen und kotzte. Und auch der Schwall, den er auf den Tisch spie, erklang in seinem Innern als Musik, als Rumoren eines wütenden Orchesters, Blech- und Holzbläser, Pauken.

Es war gar nicht, dass ihm schlecht war. Im Gegenteil.

Zoltán schaute genauso fassungslos wie seine Mutter auf die Bescherung. Sowohl die Knödel als auch der Rotkohl waren leicht püriert, doch noch gut zu erkennen. Die Soße floss zäh über Teller und Tischtuch. Der vergorene Geruch der Kotze verband sich mit dem Duft von Kerzenwachs und Gänsebraten.

»Zoltán … Junge …«

Er senkte den Blick auf sein weißes Hemd. Die winzigen Sprenkel darauf waren bläulich. Zoltán sah, dass alles, was ihn gerade verlassen hatte, blau gefärbt war. Er kniff die Augen zusammen, um scharf zu sehen, und suchte in der Schweinerei auf dem Tisch die zwei Tabletten. Sie waren nicht zu finden, und er begriff mit Erleichterung, dass das Blau nicht von ihnen, sondern vom Rotkohl kam.

»… Junge …« Seine Mutter erhob sich, auch sie war vollgespritzt.

Zoltán schmeckte seinen beißenden Atem, hielt die Hand vor den Mund. »Mir ist gut, Entschuldigung.«

Der starre Blick seiner Mutter – die Sorge darin.

»Mutti, wirklich, mir ist gut … tut mir leid …«

Sie schaute regungslos an sich herab. Die Kerzen knisterten. Seine Mutter schüttelte den Kopf, doch ganz langsam, als könnte er sonst von ihren Schultern fallen. Sie verlor ihre Starre, hievte die Teller und Schüsseln zur Spüle, stellte die Kerzen auf die Fensterbank. Sie nahm die vier Enden des Tischtuchs zusammen und hob das Ganze an. Sie öffnete die Tür und trug den Ballon, aus dem es bläulich tropfte, hinaus.

Zoltán hörte auf den Stufen zum Hof das Besteck klirren. Dann Flügelschlagen, eine Krähe flog davon, beschwerte sich krächzend, schrie die Beschwerde hoch in den eiskalten Nachthimmel.

Zoltán stand auf und zog das Weihnachtshemd aus.

Seine Mutter nahm es ihm ab, schob ihn sanft zur Seite und wischte mit dem Hemd die Spritzer vom Boden auf. »Das muss sofort in die Wäsche.« Sie murmelte, sprach mit sich selbst: »Sonst geht das nie wieder raus.«

»Ich mach das, Mutti, Tschuldigung.«

Sie schüttelte noch einmal sehr langsam den Kopf.

»Doch, wirklich. Bitte, lass mich.«

»Gut, dann wische ich hier durch.« Sie zog die leicht bittere Luft durch die Nase ein. »Und lüfte kurz.« Sie klang müde. »Aber es geht dir wirklich gut, ja?«

»Wirklich. Mutti. Tschuldige.«

Sie fühlte seine Stirn, dann ihre eigene. »Das war von dem Wein, hm? Das war meine Schuld.« Sie warf Zoltán einen zärtlichen, entschuldigenden Blick zu.

Er schaute auf seine Schuhspitzen. Sie glänzten noch makellos.

»Das muss alles gekocht werden, 90 Grad. Die Decke und die Servietten. Das Hemd am besten separat. Und zieh dir vorher was Warmes an.«

Zoltán verschwand ins Bad. Der Junge im Spiegel war blass und blickte Zoltán fremd und mit zu großen Pupillen an. Zoltán spülte sich den Mund aus und schlüpfte in den Wollpulli, der an der Wanne zum Trocknen hing. Er war trocken, bis auf die Ärmel und den klammen Kragen, der kratzte. Ein alter Pulli von Peti. Zoltán schaute auf seine Armbanduhr. 21:05. Zwischen den Ziffern, den Stunden und Minuten, blinkte im Sekundentakt der Doppelpunkt. Mit jedem Blinken blieb weniger vom Weihnachtswunder.

Nebenan verschob seine Mutter den Küchentisch. Ein feuchter Schwamm fuhr quietschend über das Linoleum, klang wie ein Seufzen.

Zoltán huschte in sein Zimmer, steckte die Tüte mit den Tabletten zurück unter die Matratze und nahm vom Nachttisch das kleine Geschenk, das er für Aranka verpackt hatte. Ein runder Ohrring, Zoltán hatte ihn im Bus unter der Bank gefunden. Er wusste nicht, ob Aranka Löcher hatte, aber der Ring war aus echtem Gold und der Verschluss noch heil.

»Zoli?«

»Ja, ich komme.«

Seine Mutter kniete auf dem Küchenboden, die Ärmel ihrer besten Bluse hochgekrempelt. Sie tat Essig ins Putzwasser. Das grelle Licht der Küchenlampe und die satte, säuerliche Luft brannten in Zoltáns Augen.

»Und vergiss nicht, alles Besteck rauszunehmen.«

»Mache ich gleich.«

Das Rechteck Himmel zwischen den Blocks war dunkelblau und wolkenlos. Über dem Dach von Gelb funkelte Orion, der Jäger, das einzige Sternbild, das Zoltán kannte. Er fischte mit spitzen Fingern das Besteck aus dem Tischtuch und rieb es ab an der Fußmatte.

Seine Mutter nahm die drei Messer, drei Gabeln und Dessertlöffelchen entgegen und reichte ihm das Hemd. »Also, 90 Grad und separat.«

»Klar.«

Der Beton im Hof war glatt und von Raureif bedeckt. Fast rutschte Zoltán aus. Er atmete tief, fühlte die eisige Luft wie scharfe Glassplitter in seine Brust rieseln. Wie ein Schmerz, der nicht weh tat. Zoltán merkte, dass er noch immer ziemlich neben sich stand. Er schüttelte bei den Mülltonnen das Tischtuch aus, den Rest Rotkohl und die halb verdauten Knödel in die kahlen Büsche. So war wenigstens auch für die Vögel Weihnachten. Aus dem entfalteten Tischtuch stieg der frische Kotzgeruch. Zoltán wurde schwindlig. Er stützte sich ab, eine Hand auf der Mülltonne. Vor Kälte blieben seine Fingerkuppen an dem Metalldeckel kleben, doch Zoltán spürte nichts Kaltes, nichts um sich herum, auch seine eigene Wärme nicht. Sein Atem floh silbern aus seinem Mund, aus seinen Nasenlöchern. Er hob die Hand von dem vereisten Metall, es gab ein schmatzendes Geräusch. Das Brennen der gerissenen Fingerkuppen fühlte sich ein wenig wie Wärme an. Es tat gut. Ein echter Schmerz. Ein reales Gefühl.

Der wohlige Schein der Kerzen und Christbäume glimmte gelb durch die Hälfte der Fenster im Wohnblock. Die andere Hälfte flackerte bläulich, im giftigen Licht der Fernseher.

Arankas Zimmer war dunkel. Unter der Küchentür schimmerte der übliche Streifen Neonlicht. Keine Weihnachten dort. Zoltán legte das kleine Schächtelchen mit dem Ohrring auf ihre Fußmatte und sagte dazu ein stummes Frohe Weihnachten.

Im Schatten der drei Betonstufen, die in den Hof hinabführten, lag noch etwas Schnee. Ein sauberer, weißer, fast kreisrunder Fleck. Zoltáns Blase drückte. Er klemmte das Bündel Wäsche unter den Arm und öffnete den Reißverschluss.

Ein Wagen rollte auf den Innenhof. Die Scheinwerfer erloschen, die Reifen knirschten leise auf dem frostigen Boden.

Zoltán hörte nichts, er war zu beschäftigt, er hätte ›Ich liebe

Dich‹ in den Schnee pinkeln wollen, doch dafür reichte vielleicht der Druck nicht. Dann ein Herz. Ein Herz war gut. Oben anfangen. Konzentrieren.

Der Strahl einer starken Taschenlampe sprang zuckend von einer Tür zur nächsten, durchleuchtete kurz die kahlen Büsche dazwischen.

Zoltán führte seinen Pinsel: einen eleganten Bogen, die perfekte Herzhälfte. Ein Knirschen, ein Motor bei Standgas. Zoltán schaute sich um und erkannte zu spät die Silhouette, das Dach mit Blaulicht und Sirene. Dein Freund und Helfer. Die Cops. Zoltán verpinkelte sich. Aus dem Herz wurde ein Halbmond.

Das Licht der Taschenlampe blieb auf dem Bündel unter Zoltáns Arm hängen. Der Wagen hielt an. Mit dem kratzenden Geräusch, das Sand auf Glas macht, senkte sich die Scheibe der Beifahrertür. Der Lichtstrahl hob sich zu Zoltáns Gesicht. Zoltán hielt schnell die dreckige Wäsche vor den Hosenschlitz. Die letzten Tropfen gingen ins Tischtuch.

»Was treibst du da, Junge?«

»Wäsche.« Seine Stimme klang irgendwie gealtert, dünn und senil. »Dreckige Wäsche. In den Keller.« Zoltán blickte in das blendende, brutale Licht. »Wäschekeller.« Er deutete mit dem Kinn in die Richtung des Kellereingangs.

»Erkälte dich nicht, geh rein.« Der Lichtstrahl erlosch, ließ Zoltán blind zurück. »Frohe Weihnachten, Junge.« Die Scheibe wurde knirschend wieder hochgekurbelt, der Wagen wendete und verließ im Schritttempo den Hof.

Vor Zoltáns Blick tanzten schwarzblaue Schemen. Ein Hexentanz. Er verstaute seinen Pinsel, zog den Reißverschluss zu. Von irgendwo aus Árpis Block klang ein helles Lachen, dann ein Fetzen Musik. Ein Fenster wurde zugeschlagen.

Zoltán kniff die Augen abwechselnd zusammen und blinzelte. Noch halbblind vom grellen Licht, von den Tabletten und vom Schreck betäubt erreichte er schließlich den Kellereingang. Er öffnete die schwere Stahltür, und warme Luft wehte ihn an. Der Keller blies ihm seinen feuchten, vertrauten Atem ins Gesicht.

Der Vorraum mit den Stahlschränken schien enger geworden, der Gang dahinter schien sich tiefer in die Erde zu bohren. Zoltáns Blick war an den Rändern wie verdunkelt, getrübt. ›Maulwurf‹ war das Wort, das ihm sofort in den Sinn kam. Ich bin ein Maulwurf.

An der Abzweigung zu Árpis Block waren die Neonröhren noch immer schwarz und stumm. Zwischen Weihnachten und Neujahr wurde sowieso nichts repariert.

Ein Maulwurf auf Drogen.

Der finstere Gang, wie in einem Thriller oder Horrorfilm. *In den Klauen des Maulwurfs.* Zoltán tastete sich den Gang entlang. *Der Maulwurf und das Mondstaubmädchen. Starring Zoltán Tardos and Aranka Westrin.*

Das Wummern des Waschraums war leiser als sonst. Nur wenige Maschinen wuschen heute Abend. Zoltán folgte dem Geräusch, immer tiefer in den Gang, die Erde hinein. *Der Maulwurf rettet das Mondstaubmädchen.* Ein Gefühl saß in seinem Nacken, kroch wie Gänsehaut von dort bis auf die Oberarme. Ein vages Gefühl, eine Ahnung, dass jemand, etwas, im Waschraum auf ihn wartete.

Freitag, 23. 12.

Ich habe gezittert bis vorhin. Jetzt mit dem Stift ist meine Hand komischerweise ganz ruhig.

Ich habe die Auszüge gesehen.

Die letzte Abbuchung war am 15. 12., die Miete für das Wohnloch hier. Ich habe den Kontostand immer wieder gelesen, konnte es nicht glauben. Ich habe zurückgeblättert und tatsächlich die Überweisung vom Notarbüro gefunden. Das Geld fürs Haus: ganze 100 000 Forint ~ weniger als fünf beschissene Monatsmieten ~ für das ganze Haus samt Garten ~
Ich habe die Auszüge x-mal vor- und zurückgeblättert. Ich dachte erst, ich hätte etwas übersehen. Ich habe gehört, wie M zurückkam, und konnte das Mäppchen einfach nicht zurück in den Nachttisch legen. Sie trat ins Zimmer. Sie sah mir nicht ins Gesicht, sah nur fassungslos auf das zitternde Papier in meinen Händen. Ich stand da. Sie setzte sich aufs Bett. Als ich die Auszüge vor ihr hinwarf, kriegte sie Tränen in die Augen. Sie klang, um wütend zu sein, zu schwach, eher verzweifelt. Ich weiß nicht, ob sie mir leidtat, sie sagte wieder und immer wieder: »Ich hab's ihm einfach nicht gegönnt … Ich hab's ihm einfach nicht gegönnt …«
Ich habe die Ohren zugehalten und bin aufs Zimmer gerannt.

Erst jetzt begreife ich, worum sie vor Gericht so gestritten haben. Bevor V die Versicherungen für uns gekündigt hat, hat sie das Haus verschenkt. Sie hat's den Kovács total unter Wert verkauft, in den Hals geworfen, bloß damit V nicht seinen Anteil kriegt.
Ich lese, was ich hier schreibe, und kann's nicht glauben.

Ich hatte mich eingeschlossen, M hat geklopft, gesagt, sie will mit mir reden. Ich habe nicht aufgemacht. Nach einer Weile ist sie zurück ins Schlafzimmer. Ich habe die Vase langsam wieder ausgepackt. Ich habe das Klebeband gelöst und versucht, das dünne Papier dabei nicht einzureißen. Ich hätte die Vase kaputtschlagen können, aber ich wollte es nicht. Ich wollte nicht noch mehr Scherben. Dann habe ich die Kassette für Zoltán in einen Streifen von dem Papier gepackt. Mein Geschenk.

Morgen gebe ich es ihm.

Morgen ist Weihnachten.

~~Morgen~~

Hässlich … Als seine Wange auf den Betonboden schlug, hatte es ein hässliches Geräusch gemacht … es war das Letzte, an das Zoltán sich erinnerte, an den Gedanken bloß: ›Was für ein hässliches Geräusch.‹

Gesichter huschten durch seine Ohnmacht. Aranka, Peti, andere, fremde und entstellte Gesichter. Die frisch rasierte Visage des Vergewaltigers. Zoltáns eigenes Gesicht mit zu großen Pupillen. Von Arankas Lippen fiel der Stummel der Zigarette, fiel auf Zoltáns Zehenspitzen. Die nackten Zehen fingen Feuer. Um die Flammen an seinen Füßen zu löschen, rannte Zoltán los. Auch Aranka flüchtete. Zoltán wusste nicht, in welche Richtung, doch er hörte am Echo, am Rhythmus ihrer Schritte, dass auch sie um ihr Leben rannte. Alles war Dunkelheit. Hässlich, wie sein Wangenknochen knirschte, die Haut darüber platzte. Nur die glimmende Zigarette zog eine dünne Leuchtspur, schnitt durch den schwarzen Vorhang, der vor dem Rest der Welt gefallen war.

Zoltán kam zu sich mit einem süßen und seifigen Geschmack im Mund. Der Seifengeschmack – von der Lache, in der er lag. Der Abflussschlauch der Waschmaschine leckte. Der süße und sämige Geschmack – vom Blut.

Zoltán drehte sich zur Seite und tastete an seiner Wange. Sie war geschwollen, und die Schwellung hatte das Bluten gestillt. Zoltáns Zunge fuhr vorsichtig in seinem Mund herum, fand eine kleine, brennende Wunde an der Unterlippe.

Ein mechanisches Klicken, dann ein gurgelndes Geräusch. Die Maschine, vor der er lag, fing an zu pumpen.

Zoltán richtete sich auf, sah zu seinen Füßen ein schmutziges

Tischtuch und Servietten. Er erinnerte sich wieder ans Weihnachtsessen und fragte sich, wie spät es war, wie lange er wohl hier gelegen hatte. Sein linker Arm mit der Uhr war eingeschlafen, bleiern. Nur in den Fingern war noch etwas Gefühl, die Spitzen kribbelten. Er zog das linke Handgelenk am Ärmel auf Augenhöhe. 21:40. Also war nicht viel Zeit vergangen. Auch die Uhr, Zoltáns Erbstück, war zum Glück noch heil.

Über dem Notausgang leuchtete das Schild mit dem Fluchtsymbol. Grünliches Schimmerlicht. Links die Tür ein helles Rechteck – rechts die grasgrüne Silhouette eines Menschen, der mit den Armen und Beinen ruderte, rannte und doch ewig festhing, kurz vor dem rettenden Ausgang. Das Symbol eines Alptraums.

Zoltán raffte Tischtuch, Servietten und Hemd zusammen, kroch zur offenen Trommel der Maschine gegenüber und stopfte alles hinein. Den Knopf auf 90 Grad. Im Waschmittelfach klebte noch ein Klumpen hartes Pulver. Zoltán bohrte den Daumen hinein, zerbröselte es, schloss die Klappe, drückte Start.

Ein leichter Schmerz stach durch sein Fußgelenk. Die Luft war warm und stickig. Zoltán zog den dicken Pulli aus und setzte sich, den Rücken an die Waschmaschine gelehnt.

Mit einem Gurgeln begann das Einweichprogramm.

Er ließ den Blick durch den Raum wandern. Vor der Tür lag umgekippt ein leerer Wäschekorb. Daneben zersplittertes Plastik derselben Farbe. Er musste gestolpert sein, vorhin beim Reinkommen, über den Korb. Ja, so musste es gewesen sein.

Noch einmal tastete Zoltán mit der Zungenspitze seine Wangen ab, die Zähne, alles heil, noch alles da. Er dachte an Arankas Mund, ihre rosa Zungenspitze, und die noch unentdeckte Welt ihrer Hüften. Er rappelte sich auf, humpelte zur Tür und musste lächeln. Mit jedem Schritt ging es besser. Sein Kopf war wieder klar, nur sein Wangenknochen brannte schlimmer, je länger er lächelte.

Er öffnete die Stahltür, zog den Pulli wieder über und trottete in Richtung Blau. Bei jedem Schritt hatte er Arankas Gesicht vor Augen, das ihn glücklich machte wie noch nie.

Der Gang knickte scharf nach links, das letzte Stück vor dem Vorkeller war still, die dunklen Neonröhren schwiegen. Zoltán sah kaum einen Meter weit. Er ließ die Hand über die Wand gleiten, der Beton hatte die Farbe erloschener Asche. Dann erklangen Schritte.

Er blieb stehen, lauschte.

Fremde Schritte. Es war schwer auszumachen, woher sie kamen.

Die Tür zum Vorkeller sprang auf. Im gleißenden Gegenlicht stand die Silhouette eines Mannes. Er trat ein, die Tür fiel hinter ihm zu, sperrte das Licht wieder aus.

Zoltán kniff die Augen zusammen, drückte sich eng an die Wand. Ein Schweißtropfen rann kitzelnd zwischen seinen Schulterblättern abwärts. Das Atmen fiel schwer, als bewegte Zoltán sich unter Wasser. Als seien die Keller die Ruinen einer versunkenen Stadt. Nur auftauchen. Nur sicher auftauchen. Mondlicht sehen. Den Himmel. Noch einmal Mondlicht sehen.

Die Schritte des Mannes klangen verhalten, Schritte von jemandem, der etwas zu verbergen hatte.

Zoltáns Augen gewöhnten sich nur langsam an die Dunkelheit. Der Schatten schob sich auf ihn zu, den Gang entlang.

Zoltán roch den fremden Atem, billigen Alkohol. Er konzentrierte sich, ein schneller Herzschlag pumpte Blut und Kraft in seine Arme. Zuschlagen. Nicht zögern. Zuschlagen. Nur eine Chance. Als Erster zuschlagen. Schneller sein.

Der Mann ging gebeugt.

Zoltán holte tief Luft und zwang sich, nicht zu atmen, sollte ihm jemand einen Lappen mit Chloroform ins Gesicht drücken.

Er hob die Faust.

Dann stand der Schatten vor ihm. Zoltán starrte in den Umriss eines grauen Gesichts.

Das Gesicht registrierte ihn, zuckte kurz zusammen, dann entwich ihm ein hustendes, betrunkenes Lachen. »So allein hier, Junge?«

Zoltán ließ seine Faust sinken.

Wieder das Husten, die Wolke Fusel. »Aber allein ist besser als mit Schlechten im Verein.« Es war Kalender István. Er wandte Zoltán seine dunklen Augenhöhlen zu.

Zoltán schlüpfte unter dem schlechten Atem hindurch. »Frohe Weihnachten, Onkel István.«

»Ist die Weihnacht weiß und klar, so hofft man auf ein fruchtbar Jahr.« Der Alte schlurfte weiter, bog um die Ecke in Richtung Grün.

Zoltán rang nach Luft. Unterwasser. Kein Sauerstoff. Er spürte die Betondecke, die zwei Meter halb gefrorener Erde, die darauf lasteten. Hier unten die toten Neonröhren – oben Leben und Lichter.

Er rannte zum Ausgang, stieß die Tür auf. Die klare Luft empfing ihn wie ein Schlag ins Gesicht.

Der verlassene Innenhof lag in eisigem Mondlicht. Die vier Stufen hinauf waren spiegelglatt. Zoltán schaute zum Himmel, von wo Orion, der Jäger, verschwunden war. Nur noch Frau Luna lugte aus den Wolken und darüber die zwei Stecknadelköpfe entfernter Sterne.

Auf der Erde die bunten Weihnachtslichter, baumelnden Leuchtketten und ein blinkendes Herz in Árpis Fensterrahmen.

Arankas Zimmer war dunkel. Die geschlossenen Rollos schimmerten schwarz. Unter der Hintertür schien unverändert die dünne Linie Licht.

Plötzlich fiel Schnee, vereinzelte träge XXL-Flocken.

Zoltán ging weiter, aber hielt nach ein paar Schritten wieder an und lauschte. Ein leises Knirschen war in der Luft, als riesele Styropor vom Himmel.

Weiße Weihnacht. Wenigstens das.

Immer mehr der großen Flocken legten im Nu einen sauberen Teppich aus. Bei den Mülltonnen bewegten sich linkisch drei kleine Schatten. Krähen, die die Reste der Knödel aus der Kotze pickten.

»Frohe Weihnachten, Vögel!«

Die Krähen blickten zu ihm herüber.

Er sprang die Stufen hoch, trat auf der Fußmatte die Schuhe ab. Er klopfte den Schnee von seinen Schultern, den Ärmeln, von Petis Pulli, der ihm nicht mehr zu groß war. Zoltán tastete in seinen Hosentaschen, fand statt des Schlüsselbunds nur ein gebrauchtes Papiertaschentuch. Er spuckte darauf und rieb die Kruste Blut von seiner Wange. Er warf das Taschentuch in die Büsche. Dann klopfte er.

Das Gesicht seiner Mutter erschien im Türspalt. Auf ihren Lippen lag ein mildes Lächeln. Anstatt Zoltán zu fragen, wo er so lange gesteckt hatte, trat sie zur Seite und öffnete ihm feierlich die Tür.

Am Küchentisch, unter dem grellen Licht der Lampe, saß Peti. Er stand auf, streckte Zoltán stumm die Arme entgegen.

Zoltán umarmte seinen Bruder. Peti war dünner geworden, knochiger. Er kratzte, hatte dunkle Bartstoppeln. Zoltán drückte ihn fest. Petis Haar war kürzer und roch wie seine Lederjacke, nach Schweiß, zu wenig Schlaf und verqualmten Zugabteilen.

Ihre Mutter schloss die Tür. Sie nahm den Kessel vom Wandbord, wobei die Postkarten und eins der Fotos in die Spüle fielen. Sie rieb das Foto, jede Karte vorsichtig an ihrem Ärmel sauber und stellte sie zurück. Einen Moment schien sie zu zögern und änderte dann die Aufstellung. Das Familienbild samt Vater rutschte hinter Petis Post aus Frankfurt, Zoltán im Badehandtuch lehnte nun an der Karte mit dem Zeppelin.

Draußen im Hof heulte ein Motor auf, erklang das schleifende Geräusch von Reifen, die auf der Stelle drehten. Dann fuhr der Wagen los, ein Hupen, zweimal kurz, zum Abschied.

Ihr Mutter setzte Teewasser auf, während Zoltán Peti noch immer umarmte, die Arme fest um seinen Rücken geklammert hielt.

Peti flüsterte seinem Bruder ins Ohr: »Ist gut, Alter, nimmst mir die Luft … ist gut, Zoli, hast Kraft bekommen … alles gut, Zoli, kein Problem …«

Zoltán löste zitternd seine Arme.

Peti schaute auf Zoltáns Wange, den Riss an seiner Unterlippe. Er sprach leise, dass ihre Mutter nichts hörte: »Junge, du siehst Scheiße aus. Hast du Prügel bekommen?«

Zoltán schüttelte den Kopf, »gefallen«, er verbarg die Wange mit der Hand.

Peti seufzte, zog die gefütterte Jacke aus und warf sie über den Küchenstuhl. Seine Bewegungen wirkten angestrengt, wie unter heftigem Muskelkater.

Das Wasser kochte. Ihre Mutter goss Tee auf. Die Küche war kühl, als wären die Fenster gerade erst geschlossen worden. Ein leichter Essigduft lag in der Luft.

Es klopfte.

Zoltán rührte sich nicht, stand mit der Hand an der Wange da und schaute seinen Bruder an.

Es klopfte noch einmal, zaghafter.

»Willst du nicht aufmachen? Hat geklopft.« Peti lächelte müde. »Ist vielleicht der Weihnachtsmann.«

Zoltán öffnete die Tür.

Es war Aranka, die bibbernd von einem Fuß auf den anderen trat. Aus ihren Hauslatschen lugten nackte Zehen. Darüber trug sie einen weißen Wollrock und eine dünne, schwarze Bluse, auf deren Schultern so etwas wie Flügel gestickt waren. »Ahoi. Frohe Weihnachten.« Auf ihrem Haar ruhten Schneeflocken. Sie blinzelte ins Gegenlicht, sah Peti. »Oh, stör ich?«

»Nein.« Zoltán trat zur Seite. »Komm rein.«

»Es schneit wieder.«

»Hab schon gesehen.«

»Da, schau«, sie strich ihr Haar zurück, zeigte den goldenen Ohrring, »hab ich gefunden, beim Luftschnappen. Wenn der von dir ist, danke.« Sie machte die Miene eines Magiers und schüttelte, »This is for you!«, ein kleines Päckchen aus ihrem Ärmel. Sie überreichte es Zoltán, wobei ihr Blick wieder zu Peti glitt. »Hab dir was aufgenommen. Hoffe, du hast 'nen Recorder.«

»Macht die Tür zu, Kinder.« Zoltáns Mutter zündete das Stövchen an, blies das Streichholz aus und stellte den Tee auf den Tisch. »Trinkt deine Freundin eine Tasse mit, Zoltán?«

Zoltán nahm das Geschenk, überhörte dabei die Frage. »Danke. Ja, hab ich.«

Aranka lächelte. »Was?«

»Kassettenrecorder.«

»Ach so, gut.«

Peti trat zu ihnen.

Aranka legte den Kopf schräg, sah ihn an. »Also, du bist Zoltáns Bruder?«

»Kann man so sagen.« Peti nahm ihre Hand und verbeugte sich leicht. »Was hat der Weihnachtsengel meinem Bruder denn aufgenommen?«

»Dylan. Die frühen Sachen. Kennst du?«

»Bob. Klar.« Peti ließ ihre Hand langsam los. »Hab sogar mal was von ihm gesprayt.«

»Echt, was denn?«

Zoltán zerriss das silberne Geschenkpapier.

Peti tippte an seine Nasenspitze, strich, als müsste er noch überlegen, um sein schlecht rasiertes Kinn. »You don't need a weatherman …«

Aranka lächelte. »… to know which way the wind blows.«

Zoltán knüllte das Papier zusammen, ließ es fallen, klappte die Kassette auf. In die Hülle hatte Aranka ein Foto gefaltet. Es zeigte einen blauen Sommerhimmel, der rote Schopf eines kleinen Mädchens schaute unten ins Bild. Auf dem Himmel, um das wirre Haar herum, standen die Titel. Eine runde Mädchenschrift, gut lesbar, schwarzer Kugelschreiber. *Don't think twice. She's your lover now. It ain't me, Babe. Masters of war. It ain't me, Babe (live)* …

»Danke.«

»Danke auch.« Arankas Finger berührte noch einmal ihr Ohrläppchen. »Und bleibt dein Bruder bloß über Weihnachten?«

Peti antwortete. »Nein, länger. Hoffe ich.«

»Kinder, kommt, setzt euch.« Zoltáns Mutter arrangierte geräuschvoll auf dem Tisch die Teetassen. Dann servierte sie an Petis Platz einen Teller mit Gans und Rotkohl. Sie trat zu Peti und legte die Hände an seine Schläfen. Sie zog ihn zu sich, küsste ihn und roch an seinem Haar. »Und nach dem Essen nimmst du ein heißes Bad. Und danach erzählst du.« Sie strich wuselnd über seinen Kopf.

»Zu Befehl.« Peti zwinkerte.

Auch Aranka grinste.

Peti beugte sich zu ihnen. Er flüsterte in Zoltáns Ohr, doch so dass Aranka es hörte: »Respekt, Zoli. Respekt.« Er schaute zu ihr, und sie erwiderte seinen Blick. Für die kurze Ewigkeit zwischen zwei Atemzügen schienen die beiden allein in der Küche zu sein.

Zoltáns Mutter schenkte ein. Der schwarze Tee in den Tassen dampfte. »Also, Kinder, was ist jetzt?« Sie stellte Zucker auf den Tisch.

»Ich muss zurück. Trotzdem danke.« Aranka legte die Hand auf die Türklinke. »Frohe Weihnachten noch.« Sie blickte Zoltán, dann Peti noch einmal an. »Man sieht sich.« Ein kalter Luftzug beugte den Dampf über den Teetassen. Sie schloss hinter sich die Tür.

Alle Engel verzogen sich zurück in den Himmel.

Der Held, der Maulwurf aus den Kellern war wieder ein Junge und nüchtern.

Zoltán setzte sich Peti gegenüber an den Küchentisch. Er nahm die Tasse in beide Hände und wärmte sich daran. Er fror.

Ihre Mutter ließ Wasser ins Spülbecken. »Du musst doch Hunger haben, Junge, oder?«

Peti nickte. »Hunger? Ich furze Frischluft …«

»Péter!« Die Königin verdrehte die Augen und wandte sich wieder lächelnd der Spüle zu. Sie wusch die Töpfe ab, weil ihre Hände wohl nicht richtig wussten, wohin.

Peti aß, blickte kauend immer wieder von seinem Teller auf, um Zoltán zu mustern. Sein Blick war suchend und sehnsüchtig, nicht der Blick von Gewinnern. Er zeigte mit seiner Gabel auf Zoltáns verranzten Wollpulli. Er grinste. »Hast dich für Weihnachten ja mächtig in Schale geschmissen, Brüderchen.« Er blickte zur Spüle. »Komm, setz dich doch auch, Mutti.«

»Nein, ich kann nicht. Ich bin zu glücklich.« Sie blieb stehen, hinter Petis Stuhl, legte die Hände auf seine Schultern. »Schmeckt es wenigstens noch?«

»Hmmm.« Peti kaute seinen Gänsebraten. Er zwinkerte Zoltán noch einmal zu.

»Du aber auch!« Zoltán wunderte sich, wie kühl seine Stimme klang. »Du auch.«

Peti verstand nicht. »Was?«

»Du hast dich auch toll in Schale geschmissen. Kommst rechtzeitig.«

Zoltán vermied es, seinen Bruder anzuschauen, begegnete Petis fragendem Blick nicht.

Ihre Mutter tat Peti noch Rotkohl auf. »Ist es auch warm genug?«

»Ja, ist lecker, Mutti. Alles gut.«

Es war still, bis auf Petis leises Schmatzen, so still, dass man entfernt die Glocken der Kirche hörte. Zoltán zählte die Schläge mit. Zwölf. Es war nun Sonntag. Der letzte Sonntag im Jahr und Schneestille.

Auf dem Kühlschrank lagen vergessen zwei Päckchen in rotem Geschenkpapier.

Peti wischte sich den Mund ab.

Unter der Tischkante, in seinem Schoß, hielt Zoltán Arankas Geschenk, hielt die Hülle der Kassette so fest, dass das Plastik knackte.

Endlich setzte sich ihre Mutter, nahm Petis Hand. Um ihre Lippen war noch immer ein Lächeln, um ihre Augen aber lagen dunkle Ringe.

Sie schwiegen. Die drei Teelichter in dem vergilbten Porzellanstövchen knisterten, verströmten weihnachtlichen Rußgeruch.

Zoltán wendete die Wange ab, dass seine Mutter nicht die Schwellung sah. Er blickte hinaus durchs Küchenfenster, hinaus in die verschneite Nacht, während sein Daumen unter dem Tisch über das glatte Papier des Fotos strich.

Sonntag, 1. 1., Neujahrsmorgen

Die Nacht fast überhaupt nicht geschlafen, erst als es dämmerte, eine Stunde. Komischerweise mit guter Stimmung aufgewacht. Gestern lag der Hof schon vor Mitternacht im dichten Pulverqualm. Um zwölf mit Zoltán, Peti und ihrer Mutter angestoßen. Zoltán schaute mich an ~ ich weiß nicht wie ~ irgendwie verändert. Ein gemeinsames Glas Sekt. Danach zurück zu M, die den Abend im Bett blieb. Gegen eins ging das Telefon: V für mich. M wollte nicht mit ihm reden. Ich glaube, er rief von einer Feier an, hatte getrunken, laute Musik und Leute im Hintergrund. Er fragte, wie es uns geht, und wünschte mir ein glückliches Neues Jahr. Es war so laut bei ihm, dass ich ihn kaum verstand, aber es war sehr schön, seine Stimme zu hören.

~~~~

Die ganze Nacht durch knallten Böller und es zog Nebel vom Kanal auf.

~~~~

Als ich vorhin am Fenster Zähne putzte, kam die Sonne durch,
und ich sah die rote Schrift an der Wand gegenüber:
›Brownsville girl with your Brownsville curls
Teeth like pearls shining like the moon above.‹
Es war gestern noch nicht da. Ich dachte gleich an Peti und sah dann erst das ›Z‹, mit dem es unterzeichnet war.
Dunkelrot. Ich musste lächeln. Die Farbe stimmt.

Es klopft

Zur Aussprache der Namen

Alle Vokale sind im Ungarischen kurz. Eine leichte Betonung liegt auf der ersten Silbe. Ein Strich lässt einen Vokal etwa doppelt so lang klingen.

Zoltán	sprich *Soltaan*
Aranka	das Ungarische a (ohne Strich) ist ein dunkler, runder und kurzer Klang, etwa wie im Englischen what
Isti	sprich *Ischti* (Kurzform von István)
István (Stefan)	sprich *Ischtwaan*
János (Johannes)	sprich *Jaanosch*
Kovács (Schmied)	sprich *Kowaatsch* (ein Nachname so gewöhnlich wie Mayer, Müller, Schmidt zusammen)
Liliom utca (Lilienstraße)	sprich *Liliom utza*
Peti	sprich das e kurz: *Petti* (Kurzform von Péter)
Péter (Peter)	sprich das é lang, wie im Deutschen
Prímás	sprich *Priimaasch*
(Buda) Pest	sprich *Pescht*